AFFAIRE DE PANAMA

PLAIDOIRIE

DE

M^e DU BUIT

POUR

M. Marius FONTANE

PARIS

SOCIÉTÉ ANONYME DE PUBLICATIONS PÉRIODIQUES

13, QUAI VOLTAIRE, 13

—

1893

AFFAIRE DE PANAMA

COUR D'APPEL DE PARIS

1ʳᵉ CHAMBRE

PLAIDOIRIE

DE

Mᵉ DU BUIT

POUR

M. Marius FONTANE

PARIS

SOCIÉTÉ ANONYME DE PUBLICATIONS PÉRIODIQUES

13, QUAI VOLTAIRE, 13

—

1893

AUDIENCE DU 26 JANVIER

La Cour est encore sous l'émotion d'une plaidoirie
dont la place est marquée pour toujours dans les fastes
de l'éloquence judiciaire. Elle est heureuse des nobles
paroles qu'elle vient d'entendre. Le pays tout entier en
saura gré à celui qui les a prononcées. Qu'il me soit
permis, au nom du barreau, de remercier l'éminent et
cher confrère qui vient de jeter un nouvel éclat, un
nouvel honneur sur notre profession. (*Marques d'assen-
timent dans l'auditoire.*)

J'ai presque à m'excuser de troubler la Cour dans le
sentiment qu'elle éprouve, en lui présentant la défense
de M. Fontane dans le langage modeste qui me convient et qui sied à son rôle dans ces débats. Je le ferai
avec simplicité, mais avec la fermeté nécessaire pour
détruire la prévention qui pèse sur lui.

Quelle est cette prévention? M. Fontane est accusé
« d'avoir, en juin 1888, escroqué tout ou partie de la
fortune d'autrui en procédant à l'émission des obligations à lots; d'avoir, le 12 décembre 1888, commis

la même escroquerie à l'occasion de la mise en souscription de ces mêmes obligations ». Il est en outre prévenu : « d'avoir depuis moins de trois ans avant le premier acte de poursuite (c'est-à-dire à partir du 10 juin 1888), détourné ou dissipé au préjudice de la Compagnie de Panama et de ses obligataires, des effets et deniers qui lui avaient été remis à titre de mandat, à la charge d'en faire un emploi déterminé ».

La prévention étant ainsi parfaitement précisée quant à la date des faits incriminés, je pensais que, pour la soutenir, il devait incomber tout d'abord à M. l'Avocat général d'établir d'une manière précise la participation de M. Fontane à ces faits. J'entends bien que M. Fontane est administrateur de la Compagnie de Panama, qu'il s'agit ici de faits reprochés aux administrateurs de cette Société, et que le ministère public établit qu'en juin 1888 M. Fontane occupait ces fonctions. Cela est vrai, il participait à la gestion avec vingt-quatre autres personnes.

J'entends aussi qu'on peut dire à M. Fontane qu'en sa qualité d'administrateur, il est tenu, aux termes du droit commun, de rendre compte de sa gestion. Mais devant la juridiction correctionnelle, comme d'ailleurs devant toute juridiction criminelle, il ne s'agit pas d'une action de ce genre. Je puis même ajouter que, quand nous serions à une audience civile, la qualité d'administrateur de la Compagnie de Panama ne suffirait pas pour engager la responsabilité de M. Fontane. Il serait nécessaire de prouver sa participation réelle aux faits qui sont critiqués et d'établir qu'il a personnellement commis des fautes ou des irrégularités.

C'est ce qui résulte d'une jurisprudence constante. Cent arrêts, parmi lesquels se placent les vôtres, ont toujours eu soin de distinguer avec la plus grande précision la part personnelle appartenant à chacun de ceux que vous avez eu à juger. C'est seulement en matière de constitution irrégulière de Société que la loi a édicté une responsabilité solidaire qui frappe, en quelque sorte mécaniquement, sur tous ceux qui ont pris part à l'irrégularité de la fondation. Pour le reste, quand il s'agit d'actes de gestion, on rentre dans le droit commun, et chacun est responsable de ses fautes personnelles.

Il est à peine nécessaire d'ajouter que, quand il s'agit de responsabilité pénale, la preuve d'une intervention directe, active, personnelle, intentionnelle, dans les actes reprochés s'impose avec une force encore plus grande. Il est certain que l'incurie, la négligence, à les supposer même sans excuse au point de vue civil, ne pourraient suppléer à l'absence de participation positive, consciente et délictueuse. Il est impossible que M. l'Avocat général ne soit pas pleinement d'accord avec moi sur ces principes élémentaires en matière de droit pénal.

Quelles preuves apporte-t-on contre M. Fontane? A-t-on montré son intervention dans aucun des faits reprochés? La Cour n'a pas manqué d'être frappée d'une observation qui m'a paru très intéressante à relever. Au cours du débat, trente témoins ont été entendus : pas un n'a prononcé son nom. Depuis l'interrogatoire de M. le premier Président auquel il a répondu, pas une question ne lui a été adressée, pas une explication ne lui a été demandée, et l'on peut dire qu'il a assisté au débat, mais qu'il n'y a pas pris part.

Si vous ajoutez à cela que nous n'avons pas rencontré au dossier de réquisitoires écrits, qu'aucun document, quel qu'il soit, dans l'instruction, ne relève les charges particulières qui devaient être relevées contre M. Fontane, vous comprendrez l'impatience avec laquelle j'ai écouté M. l'Avocat général qui devait m'apprendre, pour la première fois, à quelles imputations j'avais à répondre. J'ai attendu, Messieurs, mais en vain. Sans doute, dans son réquisitoire, M. l'Avocat général a prononcé plusieurs fois le nom de M. Fontane. De temps à autre, au cours du résumé qui suivait l'exposé des faits sur chaque point de l'affaire, j'ai entendu le nom de mon client accolé à ceux de MM. Charles de Lesseps et Cottu. Mais jamais il n'a été associé à un fait précis, à un acte déterminé d'escroquerie ou d'abus de confiance qui pût appeler de ma part une réponse péremptoire. Je me trompe : une fois son nom a été prononcé par rapport à un fait spécial ; mais c'était pour dégager M. Fontane de toute responsabilité. Je veux parler de l'achat qui a eu lieu, en 1884, d'une certaine quantité d'obligations des émissions antérieures, dans le but de contrebattre une entreprise à la baisse qui avait été tentée contre la Compagnie de Panama. On avait cru d'abord que M. Fontane était l'auteur de cet achat; il a été reconnu que c'était une méprise, et dans sa loyauté, M. l'Avocat général a déclaré que le fait n'était plus retenu contre lui. C'est là la seule occasion, je le répète, dans laquelle le nom de M. Fontane ait été particulièrement associé à un fait déterminé, parmi tous ceux qui ont été retenus par la prévention.

Sur quoi donc, en définitive, cette prévention reposet-elle? Elle ne repose pas sur des faits, mais sur une simple présomption; elle se concentre tout entière dans un raisonnement, et ce raisonnement le voici : M. Fontane était administrateur de la Compagnie de Panama, il était membre du comité de direction; c'est dans le comité que se décidaient tous les actes, c'est le comité qui était l'âme de l'entreprise; rien n'a donc pu se faire sans la participation, le concours, l'approbation de M. Fontane; et si la prévention peut relever, au cours de cette gestion, des actes coupables, M. Fontane doit être retenu comme MM. de Lesseps et Cottu.

En parlant ainsi, Messieurs, il me semble que la prévention oublie le principe du droit pénal qu'elle invoque et les règles qu'elle a suivies elle-même. Veuillez en effet remarquer qu'il y avait à la Société de Panama un conseil d'administration composé de vingt-quatre membres dont six faisaient partie du comité. Si la qualité de membre du comité suffisait pour engager la responsabilité pénale, les six membres du comité seraient ici avec M. de Lesseps. Ils n'y sont pas cependant. Je suis loin de me plaindre de la décision du ministère public à leur égard. Je crois au contraire que M. l'Avocat général et la prévention ont été très bien inspirés en ne les poursuivant pas.

Mais je tire de cette abstention même la preuve qu'aux yeux du ministère public on peut avoir été membre du comité de direction de la Compagnie de Panama sans être coupable.

Son argumentation contre M. Fontane est donc, de son propre aveu, insuffisante, lorsqu'elle se borne à relever chez lui qualité de membre du comité. Il faudrait ajouter quelque chose de plus, si peu que ce soit, afin de justifier une différence de traitement qui, en présence de faits identiques, serait absolument incompréhensible et en contradiction avec le principe sous l'invocation duquel M. l'Avocat général a placé son réquisitoire : l'égalité absolue de tous devant la loi pénale.

Ce quelque chose de plus, si peu que ce soit, c'est ce que M. l'Avocat général doit nous apporter, c'est ce qu'il n'a pas produit, c'est ce que j'attends encore. Si bien que je me trouve dans une situation singulièrement embarrassante : il faut que je parle et je ne sais à quoi je réponds. Je ne puis parler que de M. Fontane, et, en parlant de lui, je fais en quelque sorte le jeu de l'accusation, puisque j'appelle sur lui l'attention beaucoup plus qu'elle ne l'a fait elle-même. La Cour me tiendra compte de cette difficulté où me place la tactique habile de M. l'Avocat général et elle pardonnera à la défense si, sortant des règles établies, c'est elle qui fait à la fois la demande et la réponse.

Je dis à la prévention, pour commencer, qu'il n'eût pas été difficile à M. le Procureur général, avant de lancer les citations, puisqu'il a cru devoir les faire précéder d'une information dont le caractère sera établi dans une prochaine audience, de préciser très nettement la part personnelle et la situation individuelle de M. Fontane. Dès ses interrogatoires devant M. Prinet, M. Fontane avait répondu en signalant que, depuis 1886, il s'était peu à peu éloigné des affaires de la Compagnie, que la maladie l'avait amené à donner sa démission d'administrateur le 29 juillet 1887, que bientôt après une maladie plus grave l'avait arrêté en juillet 1888, et qu'à partir de cette date il n'avait pris aucune part aux opérations de la Compagnie de Panama, pas plus qu'à celles de la Compagnie de Suez.

Ces faits, qui sont connus de tous dans ces deux Compagnies, auraient pu être facilement vérifiés ; mais l'information les a perdus de vue, elle avait à s'occuper de beaucoup d'autres choses. Elle a fait notamment à divers témoins l'honneur de les appeler devant elle, elle a dû faire une instruction spéciale sur les faits relevés par M. Micros, et elle a oublié les faits signalés par M. Fontane ; elle ne les a pas vérifiés.

Il faut donc, et ce sera mon premier soin, les relever et les reprendre devant vous. Mais comme il ne convient pas à M. Fontane de méconnaître la part très active, très confiante, très honnête qu'il a prise à l'œuvre du canal de Panama, comme il lui répugnerait au plus haut degré de répondre aux sentiments de générosité manifestés par M. Charles de Lesseps, qui a voulu assumer sur lui toutes les responsabilités, en essayant de diminuer son rôle et en soutenant qu'il n'a pas connu des faits, qu'au contraire il a approuvés, je demande à la Cour la permission de préciser devant elle deux points qui ne demandent pas un long développement, mais que je tiens à fixer aussi nettement que possible.

Quelle était en temps normal la situation de M. Fontane à la Société de Panama ? Tel est le premier point. Quelles modifications la maladie et l'absence ont-elles apportées à son intervention ? Ce sera le second.

La situation de M. Fontane à la Société de Panama était la même qu'auprès de M. Ferdinand et de M. Charles de Lesseps à la Compagnie de Suez. C'était celle d'un ami de trente-quatre ans, d'un admirateur passionné, d'un collaborateur de la première heure.

M. Fontane est né à Marseille en 1838; il appartenait à une famille modeste et sans fortune ; il a aujourd'hui cinquante-quatre ans. M. Fontane est entré à dix-huit ans au service d'une maison de commerce de Marseille. Il fut par elle envoyé dans le Levant. Là, il fut remarqué par le consul de France à Beyrouth, M. Edmond de Lesseps, depuis consul général à Lima, et qui était le fils de ce Barthélemy de Lesseps, le compagnon de Lapérouse, dont on vous a parlé à une audience précédente. M. de Lesseps confia à M. Fontane, malgré sa jeunesse, plusieurs missions difficiles dont il s'acquitta avec courage et intelligence. A partir de ce moment, M. Fontane eut l'honneur d'être admis dans son intimité.

C'est là qu'il a connu M. Charles de Lesseps, en visite chez son oncle. Un voyage fait en commun par ces deux jeunes gens en Syrie et en Palestine a cimenté entre eux les liens d'une amitié qui ne s'est jamais démentie et dont vous avez entendu, dans une précédente audience, le généreux témoignage.

C'est par M. Charles de Lesseps que M. Fontane est entré à vingt ans, en 1858, à la Compagnie de Suez, avec le grade subalterne d'employé de troisième classe au service des titres et les appointements de 1.650 francs par an. Il cherchait alors, en entrant dans une grande administration, à assurer sa vie matérielle par un travail de quelques heures; il avait l'intention de se consacrer tout entier, en dehors de ces occupations, à des études de critique et d'histoire sur les origines de la civilisation en Orient. Il avait appris l'arabe, le syriaque, le sanscrit. Il avait réuni de nombreux documents, songeant déjà au vaste et savant ouvrage qu'il a publié depuis et dont sept volumes ont déjà paru sous le titre d'*Histoire universelle*. Je me permets d'ajouter que ces travaux ont valu à M. Fontane les approbations les plus flatteuses. Voilà quel était son but et quelle devait être sa destinée.

Mais, Messieurs, on ne vit pas auprès d'un homme comme M. Ferdinand de Lesseps sans l'aimer autant qu'on l'admire.

On n'est pas associé, fût-ce dans la plus infime mesure, à une œuvre aussi grandiose, aussi émouvante que celle du percement de l'isthme de Suez, sans se passionner pour elle. Sa fidélité à ses chefs, sa vénération pour un grand génie, son amitié pour Charles de Lesseps, sa vive et profonde reconnaissance ont fait le reste.

Il s'est dévoué de toutes ses forces, de toute son intelligence et de toute la puissance de son cœur à ces deux hommes ; il ne s'en repent pas — même aujourd'hui.

Les aptitudes de M. Fontane comme rédacteur, comme écrivain, son intelligence générale et ouverte, furent vite remarquées par M. Ferdinand de Lesseps qui, comme tout bon capitaine, connaissait tous ses soldats. Du service obscur des titres, il fit passer M. Fontane au secrétariat où il conquit lentement tous ses grades. Porté à 1.800 francs en 1861, à 2.100 francs en 1862, à 2.700 francs en 1864, à 3.600 en 1866, il ne devenait chef de bureau au secrétariat qu'en 1867, aux appointements de 5.400 francs, et ne parvenait qu'en 1870, après douze ans de services, au secrétariat général de la Compagnie de Suez, poste qu'il occupe encore aujourd'hui.

Il est juste de reconnaître qu'il a contribué, pour sa petite part, au succès d'une œuvre qui fait quelque honneur à notre pays et qui, par surcroît, lui a donné 2 milliards de bénéfices, à l'heure qu'il est, sur un capital de 460 millions. Il conserve pieusement, — et j'ai dans mon dossier, — quelques-uns des témoignages de satisfaction et d'affection que lui a donnés M. de Lesseps; je pourrais vous les lire, mais, Messieurs, je ne veux pas mêler à la tristesse de ces débats de pareils souvenirs. M. Fontane les reprendra plus tard et les lira avec un sentiment d'émotion plus douce et de satisfaction plus profonde, quand les mauvais jours seront passés.

La Cour n'a pas de peine à le penser : ce n'est pas dans l'emploi laborieux et honorable qu'il avait à la Compagnie de Suez que M. Fontane a pu gagner les 50 millions que M. l'Avocat général semblait lui reprocher de ne pas avoir offerts, au dernier jour, à l'œuvre de Panama. M. Fontane est un homme simple; il n'a pas de besoins, il n'a pas d'enfants, il vit comme un travailleur acharné, passant à son bureau ou à sa table d'écrivain dix-sept à dix-huit heures par jour. Il n'a jamais cherché la fortune, il ne l'a pas rencontrée, et la prévention elle-même n'a pu que s'incliner devant la probité personnelle, scrupuleuse et intacte, de M. Fontane.

Voilà son rôle à Suez ; précisons en quelques mots son rôle à Panama.

Le jour où M. Ferdinand de Lesseps, emporté par un élan de générosité qui était bien dans son caractère, acceptait, à l'âge de soixante-quatorze ans, le mandat que lui donnait le Congrès géographique, de percer l'isthme de Panama, l'obéissance et le dévouement de M. Fontane lui appartenaient à l'avance. Après avoir tenté de le détourner d'une tâche si lourde, d'une entreprise si pleine d'aventures, il le suivit et devint à ses côtés l'un des agents les plus actifs et les plus dévoués de la Compagnie nouvelle. Peut-être eût-il préféré rester confiné dans l'administration devenue calme, facile et fructueuse du canal de Suez, au lieu de se jeter dans de nouvelles aventures. Il faudrait le lui pardonner.

Ne dit-on pas que les maréchaux de Napoléon, devenus ducs et princes de l'Empire, couverts de gloire, d'honneurs, investis de dotations et de majorats, ne se sentaient plus les mêmes ardeurs lorsqu'en 1811 vint l'ordre de se préparer à la campagne de Russie ? Aucun d'eux cependant n'hésita, et les calculs de l'égoïsme n'eurent point de prise sur leur dévouement.

M. Fontane suivit donc M. Ferdinand de Lesseps. Quelle devait être sa situation à la Compagnie de Panama ? Si l'on s'en rapporte à ce qu'avait été celle qu'il occupait à la Compagnie de Suez, il est clair que par ses antécédents comme par ses aptitudes, il était destiné au secrétariat.

Étranger à la science de l'ingénieur, il ne s'était jamais donné comme tel, et ne pouvait rendre aucun service pour les études de ce genre. Étranger à toutes les questions financières, il n'avait jamais mis le pied à la Bourse, et ne connaissait rien des combinaisons dont on a pu vous entretenir. Il ne pouvait avoir un rôle utile qu'au secrétariat général. Intime de M. de Lesseps, connaissant ses pensées, il était naturel qu'il fût destiné à exécuter les instructions de son chef, à traduire sa pensée, à transmettre partout ses volontés et ses ordres. Aussi ce fut une grande surprise et un grand honneur pour lui lorsque M. Ferdinand de Lesseps, voulant lui donner un titre plus élevé pour récompenser ses longs services, le désigna pour faire partie du conseil d'administration et l'appela même à siéger au comité de direction.

Quelles ont été, et ici je précise, les fonctions de M. Fontane dans ce comité? M. le premier Président lui a demandé, au cours de son interrogatoire, quelles étaient ses attributions, et il a paru s'étonner quand M. Fontane lui a répondu qu'il n'en avait pas de spécialement déterminées. C'est cependant l'exacte vérité.

Il y avait, au comité de direction, six membres dont vous trouverez les noms à la page 68 du rapport de M. Flory. Je me garderai bien de prononcer ces noms dans cette audience, car ceux qui les portent pourraient s'en trouver offensés. Mais, enfin, ces hommes étaient capables, compétents; l'un d'eux s'était acquis une juste célébrité par des travaux considérables en Egypte. Par conséquent, M. Fontane ne pouvait être que très honoré de devenir leur collègue. Vous les embarrasseriez bien si vous demandiez à chacun d'eux quelle était sa fonction déterminée et particulière. Ils vous répondraient, comme M. Fontane l'a fait à M. le premier Président : Mais nous faisions tout en général et rien en particulier. Toutes les affaires étaient examinées par le comité avant d'être soumises au conseil. Ils voyaient tout en général, mais que voyaient-ils en particulier? Chacun se dévouait à l'œuvre commune et lui apportait le concours de ses capacités, de ses aptitudes spéciales. M. Fontane lui a donné les siennes. N'étant ni ingénieur, ni financier, il remplissait le rôle qui lui était propre. Investi de la confiance plus particulière de M. Ferdinand de Lesseps, justifiée par un dévouement de trente années, il surveillait comme publiciste la rédaction du *Bulletin* depuis la mort de M. Bionne en 1881. Par la même raison, depuis la même époque jusqu'en 1885, il était chargé des relations avec la presse en ce qui concerne la publicité. De plus, il préparait, d'après les indications du Président, les rapports au conseil, les rapports aux assemblées générales, les mémoires qui pouvaient être nécessaires; il étudiait et rapportait les questions soumises au comité et ensuite au conseil d'administration. Il avait donc raison de vous dire : Je faisais tout et rien.

Il est bien entendu que M. de Lesseps, qui avait ses idées très personnelles et le souci de l'entreprise tout entière, n'entendait rien abandonner de ses prérogatives. S'il ne faisait pas tout, il voyait du moins tout. J'ai là des pièces, — en très petit nombre, parce que tout devait rester dans les bureaux de la Compagnie — M. Fontane n'en peut produire que quelques-unes qui, par hasard, se sont glissées dans ses papiers personnels. Ces pièces, émanant de M. de Lesseps, prouvent qu'il s'occupait de tout et que les rapports adressés aux assemblées générales, bien que préparés dans les détails par M. Fontane, passaient aussi sous ses yeux. Voici une dépêche par laquelle il demande à M. Fontane l'envoi de son rapport.

Voici une lettre autographe où il dit : « Je vous envoie la lettre d'un actionnaire de Panama avec ma réponse; il me semble que cette réponse serait bonne à publier dans le *Bulletin*. » Voici des épreuves corrigées de la propre main de M. de Lesseps, des discours, et des lettres qu'il adressait aux députés. En un mot, M. de Lesseps était fidèle à sa devise : « Je tiens à ne rien négliger, disait-il, à ne perdre aucun détail, car ce que j'aurai compris, je pourrai le faire comprendre à mon tour à ceux qui ne sont pas ingénieurs. » C'est la vérité même. M. de Lesseps, qui a mené à bien cette immense entreprise de Suez, n'était pas ingénieur; mais la force de son caractère, la pénétration de son intelligence, son application à tout connaître lui avaient acquis cette compétence générale bien plus précieuse parfois que celle des hommes techniques, parce qu'elle met à la portée de tous ceux qui n'ont pas leurs connaissances, ce que, autrement, ils n'auraient peut-être pas pu saisir.

Voilà quelle a été la fonction particulière de M. Fontane. Pour le surplus, il était un membre assidu du comité. Si on discutait des marchés, il les examinait à l'aide des lumières des ingénieurs de la Compagnie et du comité du contentieux. Pour les devis, pour les prix, il se décidait d'après la compétence de ceux en qui il avait confiance. S'il s'agissait de modifications aux plans, comme lorsqu'il fallut prendre parti entre le canal à niveau et le canal à écluses, il se décidait aussi suivant sa conscience et d'après les rapports des hommes spéciaux, mais surtout d'après l'avis de la commission consultative instituée dès le début par M. de Lesseps et

sans laquelle, comme vous l'avez remarqué, rien n'a
été fait. C'est avec une grande légèreté, Messieurs,
qu'on parle aujourd'hui des hommes qui composaient
cette commission technique. C'est à peine si l'on vous a
dit leurs noms. Vous pourriez supposer qu'il s'agit d'un
rouage inutile, d'un placage destiné à faire illusion.
Mais reportez-vous aux noms que M. Flory a donnés.
Il y a là quatre inspecteurs des ponts et chaussées, un
amiral, plusieurs ingénieurs italiens, hollandais, anglais,
tout ce que la science de l'ingénieur possède d'hommes
vraiment compétents et remarquables. Voilà sur quel
avis M. Fontane se déterminait.

S'il s'agissait d'opérations financières, il écoutait les
financiers, souvent sans les comprendre. S'il était question des frais d'émission, des commissions à donner aux
banquiers, il consultait les usages, prenait avis des
hommes du métier et fixait la proportion de ces frais en
ayant soin de se tenir toujours bien au-dessous non
seulement de ce que les usages accordent, mais de ce
que la loi elle-même autorise en matière d'entreprises
décidées par le Parlement ou exécutées par l'Etat.

Que peut-on demander de plus à un administrateur?
Il serait déraisonnable de prétendre que cela n'est pas
suffisant. M. Fontane croit avoir fait tout son devoir
lorsqu'il a apporté à l'entreprise de Panama un dévouement absolu, une foi robuste et sincère, non pas
aveugle et complaisante.

Une fois au moins au cours du fonctionnement de la
Société de Panama, il a donné la preuve indiscutable de
son caractère. Il en a coûté beaucoup à sa vénération
pour M. de Lesseps de le combattre dans une circons-

tance importante. Rappelez-vous, Messieurs, le moment où M. Rousseau, au milieu de l'année 1886, revenait de Panama porteur du rapport dont on a tant parlé, qu'il a remis secrètement entre les mains de M. le ministre des travaux publics. A ce moment, on en a connu les conclusions : M. Rousseau avait pour la première fois précisé les difficultés en face desquelles se trouvait l'entreprise du Panama, si on voulait la pousser jusqu'au bout dans la voie du canal à niveau. Pour la première fois il avait fait connaître ce qu'il avait trouvé, quant à lui, dans l'examen du terrain. Il vous l'a dit, je n'y reviens pas; ces souvenirs vous sont restés ; M. Rousseau parlait de ses doutes, M. Rousseau soulevait aussi un coin du voile de l'avenir et, reprenant une idée qui n'avait pas paru suffisante au congrès de géographie, celle du canal à écluses, il disait que la Société de Panama devait se diriger de ce côté. Vous vous souvenez, Messieurs, de la lutte qui s'est alors produite au sein du conseil de la Compagnie du Canal de Panama. M. Lesseps, pensant, avec raison selon moi, que la solution par le canal à niveau était la seule vraie, la seule conforme aux intérêts du commerce, aux véritables intérêts des actionnaires, déclarait qu'il n'y renoncerait jamais, quant à lui; mais à côté de lui, auprès de lui, d'autres avaient une opinion différente.

Eh bien! M. Fontane n'hésite pas à vous le dire : cette opinion différente, il l'a eue et, aux efforts de M. Charles de Lesseps, il a réuni tous les siens pour obtenir de M. Ferdinand de Lesseps que des études sérieuses fussent faites en ce sens. Dans le rapport à l'assemblée générale de 1886 que Mᵉ Barboux vous a lu, vous avez trouvé la trace de ces deux courants dont

M. Charles de Lesseps parlait dans l'un de ses interrogatoires : celui du chef suprême de l'entreprise qui ne voulait pas encore abandonner ses opinions, celui, au contraire, des hommes plus prudents qui cherchaient une solution provisoire. M. Fontane a le droit de vous dire qu'il était parmi ceux-là, parmi ceux que la prudence conseillait.

Voilà l'un des points fixé, voilà quel a été le rôle de M. Fontane dans l'administration du Panama. Il n'a pas été l'assistant complaisant d'une œuvre de fraude, il a été le collaborateur fidèle, dévoué, passionné d'une œuvre qu'il croyait grande et généreuse.

Le deuxième point important à préciser est celui qui a trait aux modifications survenues dans les occupations de M. Fontane. Ici, j'ai deux choses à vous dire :

D'abord, dès la fin de 1885, M. Fontane a été relevé de ses fonctions vis-à-vis de la presse. On vous a dit pourquoi : M. Fontane se montrait assez rigoureux vis-à-vis d'elle ; il a expliqué le mécanisme à l'aide duquel il avait réussi à réaliser des économies, mais en faisant des mécontents. C'est lui qui a mis en pratique le système des bons au porteur, non pas dans le but de dissimuler ses dépenses au conseil d'administration, au comité des finances, aux censeurs ou aux actionnaires : tout, au contraire, a été vu et vérifié ; mais dans le but qu'il vous expliquait lui-même : afin de laisser ignorer même au caissier, aux employés quelles sommes particulières avaient été remises à chaque journal.

Les indiscrétions sont vite commises, et la prétention

de chacun est d'être mieux ou tout au moins aussi bien traité que son voisin dans la répartition des fonds destinés à la publicité. M. Fontane se gardait, par le silence ainsi obtenu sur les taux acceptés par chacun, contre les réclamations possibles des journalistes qui recevaient des sommes plus faibles, dont la Compagnie de Panama profitait.

Quoi qu'il en soit, à partir du milieu de 1886, M. Fontane a cessé ses relations avec la presse ; les derniers bons qu'il a signés sont entre les mains de M. le premier Président, j'ai pu les vérifier moi-même, le dernier est du mois de mai 1886, deux ans par conséquent avant le délai que M. l'Avocat général reconnaît qu'il lui est interdit de franchir. Voilà un premier point acquis, je n'en parlerai plus.

J'en tire seulement une conclusion : à la fin de son réquisitoire et en le résumant, M. l'Avocat général disait, à propos de l'émission des bons à lots de 1888 et de la publicité retenue comme une manœuvre, qu'elles étaient l'œuvre de M. Fontane ; j'ai le droit de lui répondre qu'il n'apporte pas sa preuve et que je fais la preuve contraire.

Cette première constatation faite, j'arrive immédiatement à la seconde.

A partir de la deuxième moitié de 1886, M. Fontane a été grièvement atteint dans sa santé. Sous l'influence d'un surmenage trop facile à comprendre, son cerveau fatigué lui refusait le service ; l'excitation intellectuelle poussée au plus haut degré avait fait place à une sorte de prostration physique et morale contre laquelle il lui était impossible de réagir ; les nerfs avaient pris le dessus, le sommeil et l'appétit avaient disparu et l'albuminerie était apparue ; j'ai des consultations contemporaines qui le constatent.

A ce moment, quelques mois de repos auraient probablement suffi pour lui rendre la santé. Il partit pour la campagne par ordre des médecins mais il fut immédiatement rappelé : le moment était difficile, les adversaires de la Compagnie de Panama profitaient des plus légers incidents, des plus futiles prétextes pour la combattre. Il est revenu à son poste, préférant compromettre à jamais sa santé plutôt que d'être l'occasion involontaire d'un préjudice quelconque à l'œuvre de M. de Lesseps.

Mais il dut nécessairement restreindre ses occupations, il ne descendait plus que très rarement au bureau. Il occupait dans l'immeuble de la Compagnie de Suez un appartement de fonctionnaire mis à sa disposition, il était donc très voisin à la fois de la Compagnie de Suez et de la Compagnie de Panama ; on montait bien chez lui pour les choses urgentes, mais il ne faisait plus que de rares apparitions dans les bureaux. Il sentait lui-même qu'il ne rendait plus les services qu'on était en droit d'attendre de lui et il avait demandé à être relevé de ses fonctions les plus importantes. On avait différé d'y consentir, dans la pensée qu'une amélioration prochaine pourrait se produire, mais enfin il a fallu se rendre à l'évidence et au mois de juillet 1887 il a donné sa démission.

Il a été remplacé par M. Cottu dans les fonctions de membre du comité et il a été nommé membre adjoint du comité afin de remplacer, en cas d'absence, ceux des membres qui ne pourraient pas siéger.

Le voilà, Messieurs, redevenu simple membre du

conseil, n'ayant plus aux travaux qu'il partageait avec vingt-quatre collègues qu'une participation intermittente, suivant l'état de sa santé. Assurément, il ne se retirait pas complètement, mais il n'était plus l'homme actif qu'il avait été dans les premières années. Il faut même dire que s'il est resté à Paris, s'il n'a pas pris héroïquement le parti, qu'il a dû prendre plus tard, de se confiner à la campagne et de se consacrer exclusivement aux soins de sa santé, c'est que sa présence était encore nécessaire, au moins au point de vue extérieur. La seule nouvelle de sa démission comme membre du comité avait été l'occasion, à la Bourse, d'une campagne de baisse, les titres avaient baissé, et on lui fit comprendre qu'au moins de sa personne il devait rester à la Compagnie de Panama, c'est ce qu'il a fait...

M. L'AVOCAT GÉNÉRAL. — Je vous demande pardon de vous interrompre, mais il a même fait publier une lettre démentant sa démission.

Mᵉ DU BUIT. — Mais c'est entendu, certainement...

M. CHARLES DE LESSEPS. — D'administrateur.

Mᵉ DU BUIT. — Nous allons y arriver.

Enfin, au mois de juillet 1888, à bout de forces, il est obligé d'aller à Marseille. Quelques jours après son arrivée, il fut atteint d'une fièvre typhoïde très grave qui a mis ses jours en danger, qui a laissé dans son cerveau des traces prolongées et, à partir de ce moment, il n'a plus pris aucune part à l'administration de la Compagnie du canal de Panama.

Je me trompe, Messieurs : le 12 décembre 1888 il est revenu ; ce jour-là il s'agissait d'apposer sa signature au bas d'un document qui a arraché des larmes à ceux qui l'ont signé ; c'était la requête présentée à M. le Président du Tribunal civil pour la nomination d'administrateurs provisoires. M. Fontane malade, épuisé, n'a pas voulu que sa signature manquât, il s'est fait transporter à Paris, il s'est fait porter à la réunion du conseil et vous trouverez son nom au bas de cette pièce qui consacrait définitivement la chute de l'entreprise de Panama.

Les faits dont je viens, Messieurs, de faire le résumé rapide sont-ils vrais, sont-ils constants ?... Il ne dépendait que de la prévention de les vérifier. Ils sont, je l'ai dit tout à l'heure et je le répète, de notoriété publique, à la Compagnie de Suez et à la Compagnie de Panama. Je fais passer sous vos yeux, en dehors d'un certain nombre de lettres qui prouvent que depuis longtemps, même en 1886, M. Fontane ne s'occupait plus d'affaires en raison de sa santé.

Le 29 juillet 1887, voici le texte de la séance du comité :

M. Fontane cesse, pour raison de santé, de faire partie du comité et il est nommé membre adjoint.

M. Cottu est nommé membre du comité en remplacement de M. Fontane.

J'ai la liste de ses présences aux assemblées et aux séances du conseil ; elles sont rares et vous constaterez, Messieurs, que souvent un mois s'écoule sans qu'il ait pris part aux réunions.

Puis, voici l'état des cours de la Bourse au mois de septembre 1887, après la démission de M. Fontane ; vous y verrez qu'une campagne de baisse s'est produite et que c'est à cette occasion qu'il a répondu le 20 septembre 1887 — c'est à cela que fait allusion M. l'Avocat général — pour démentir la nouvelle de sa démission comme administrateur de la Compagnie.

Puis, voici un petit dossier, non pas de certificats — il n'a pas eu besoin de s'en faire délivrer — mais de lettres contemporaines de ses médecins et de consultations qui lui ont été données.

Enfin, Messieurs, voici une dernière preuve. Je vous ai dit que M. Fontane avait consacré sa vie à la publication d'une histoire universelle ; chaque année depuis 1881 un volume avait paru : en 1881, 1882, 1883, 1884, 1885 ; à partir de ce moment, je constate quatre années d'arrêt dans la publication de l'ouvrage ; c'est en 1889 seulement qu'elle reprend. Ces quatre années sont celles de la maladie qui a commencé en 1886, atteint son plus haut période au milieu de 1888 et s'est prolongée jusqu'en 1889.

Faut-il le dire, Messieurs ? J'ai quelque embarras à le faire, mais tout doit être dit cependant... A ce moment les préoccupations de M. Fontane sur sa santé étaient si graves qu'il s'occupait de son testament et j'ai là une lettre du 30 août 1887, que M. Charles de Lesseps lui adresse pour l'assurer qu'il peut compter sur lui et qu'il accepte volontiers les fonctions d'exécuteur testamentaire.

Dans ce testament, sa petite fortune était destinée à l'Académie des inscriptions et belles-lettres, qui est instituée sa légataire universelle. Je vous l'ai dit : M. Fontane n'a pas d'enfants et, après la mort de sa femme, il cherchait à augmenter, lui le savant, le chercheur, il cherchait à augmenter le petit capital que l'Académie des inscriptions et belles-lettres, la moins riche de nos académies, peut mettre chaque année au service des hommes dévoués aux recherches scientifiques.

J'estime, Messieurs, que les faits sont établis pour vous : il me paraît difficile que la prévention, qui n'a pas d'ailleurs cherché à le faire, puisse les nier.

Où est donc dans la période qu'elle retient l'intervention de M. Fontane vis-à-vis de la presse? Elle cesse au milieu de 1886. Où est le membre important du comité? Il a donné sa démission en juillet 1887, un an avant la date que M. l'Avocat général ne peut pas franchir. Et d'où vient son erreur, Messieurs, d'où vient celle de la citation? Elle vient uniquement de ce que M. l'expert Flory, en donnant la liste des membres du conseil et des membres du comité, a omis d'indiquer dans la colonne réservée à la sortie de chacun des membres, la démission de M. Fontane, comme membre du comité, à la date du 27 juillet 1887; de telle sorte que M. Fontane se trouve compris dans tous les faits et même, avec une imperturbable assurance, dans la tentative d'escroquerie du mois de décembre 1888, alors qu'à ce moment il était non seulement gravement malade, mais complètement absent, en fait, de l'administration de la Société de Panama.

Je devrais m'arrêter là, mais j'ai encore deux choses à vous dire dont l'une prendra peut-être quelque temps: j'en demande d'avance pardon à la Cour.

M. l'Avocat général a repris, avec une grande insistance, deux faits qui donnent, selon lui, un caractère décisif à la prévention qu'il a soutenue et, à mon sens, il a parfaitement raison; parce que si ces deux faits venaient à disparaître, la prévention entière s'évanouirait. Quels sont ces deux faits qu'il considère et que je considère avec lui comme les faits saillants de l'affaire?

Le premier c'est celui qu'il appelle le mensonge du début sur le coût et la durée de la construction du canal à niveau; le second c'est le mensonge en 1888 sur le coût et la durée du canal à écluses. Voilà les deux faits autour desquels la prévention tourne toute entière.

Je disais tout à l'heure que si ces deux faits disparaissent il n'y a plus de prévention : permettez-moi de l'établir en quelques mots.

Tous les éléments que relève M. l'Avocat général: la publicité, les journaux, les syndicats, les concours occultes, pourquoi les relève-t-il? Il ne les relève pas comme blâmables en eux-mêmes, mais comme un ensemble de manœuvres destinées à faire croire au public une chose fausse, destinées, par une mise en scène habile, à faire croire à la vérité des deux mensonges essentiels qu'il a relevés.

M. l'Avocat général nous concède très volontiers que les faits en eux-mêmes ne sont pas répréhensibles : les journaux, la publicité, les syndicats, les subventions aux financiers, les concours de toute nature, ce ne sont pas là des manœuvres frauduleuses. Quoique M. l'Avocat général déclare qu'il n'approuve pas ces faits, et je ne les approuve pas plus que lui, il est bien obligé de

reconnaître que tout le monde a recours à des pro-
cédés du même genre... Enfin, vous ne le contestez
pas, n'est-ce pas?

M. L'AVOCAT GÉNÉRAL. — J'ai dit que je ne faisais pas
le procès des autres, que je tenais à rester sur le terrain du procès actuel.

M^e DU BUIT. — Vous voulez retenir à titre de manœuvres — c'est votre droit, je le reconnais — un certain
nombre de faits. Ces faits, comme toutes les manœuvres du monde, ne sont pas en eux-mêmes des faits
blâmables ; la publicité, le Crédit foncier l'a faite ; les
syndicats, le Crédit foncier les fait. Non seulement le
Crédit foncier, mais les villes, l'État, mais tous ceux
qui ont recours d'une manière quelconque au public et
qui lui demandent des fonds ; vous les retenez donc non
pas en eux-mêmes, mais parce que ces faits ont eu
pour but de mettre en scène pour le public de véritables mensonges.

Voilà pourquoi vous les retenez. Et il est parfaitement évident que si, au lieu d'un mensonge, ce qui a
été affirmé à l'aide de tous ces faits et par la connivence
des tiers était la vérité, ou si c'était la [vérité pour les
administrateurs, s'ils y croyaient vraiment, s'ils étaient
de bonne foi, vous seriez bien obligés de reconnaître que
toutes les manœuvres du monde ne sont pas des manœuvres frauduleuses. Lorsqu'il ne s'agit pas de faire accep-
ter un mensonge mais lorsqu'il s'agit de faire croire à ce
qu'on pense être la vérité, il ne peut être question
d'escroquerie.

Voilà donc, au point de vue de ce premier chef, au
point de vue de l'escroquerie, voilà le caractère de votre
prévention bien précisé.

Si vous êtes en puissance d'établir qu'on a menti et

menti sciemment au début de l'entreprise sur le coût et sur la durée du canal à niveau, si vous êtes en puissance d'établir qu'on a menti sciemment en 1888 sur le coût et la durée du canal à écluses — voyez, Monsieur l'Avocat général, comme nos concessions sont larges — je reconnais que vous pourrez l'un après l'autre relever tous les faits que vous avez signalés ; nous examinerons s'ils ont ou s'ils n'ont pas le caractère de manœuvres, mais au moins vous aurez un terrain de discussion.

Si, au contraire, vous n'êtes pas en puissance d'établir qu'on a menti au début sur le coût et la durée de la construction du canal, si vous n'êtes pas en puissance d'établir qu'on a menti et sciemment menti en 1888 sur le coût et sur la durée de la construction du canal à écluses, alors vous n'avez plus rien, car les faits vous échappent, et quand il serait vrai qu'on eût fait une publicité exagérée, qu'on eût donné des sommes exagérées aux syndicats, eh bien ! vous ne prouveriez rien encore, car, encore une fois, on ne peut pas être coupable de manœuvres frauduleuses quand on veut faire croire à ce qu'on pense être la vérité. Je n'ai besoin de lire aucun arrêt, je n'ai besoin de citer aucun auteur ; le bon sens de ceux qui m'écoutent est d'accord avec moi. Voilà pour l'escroquerie !

Maintenant, voulez-vous me permettre d'ajouter une autre observation en ce qui concerne le second chef, le chef d'abus de confiance ? Mais, messieurs, ici c'est exactement la même chose : si les affirmations de 1881 et de 1888 sont sincères, si elles ne sont que l'expression de la vérité telle qu'on la connaissait, telle qu'on la croyait sincèrement à cette date, comment voulez-vous retenir l'idée même d'un abus de confiance dans le fait d'avoir employé les sommes puisées dans les caisses de Panama pour subvenir aux frais d'émissions de toute nature, à la réussite des divers emprunts, qui devaient donner le moyen de réaliser l'entreprise qu'on croyait en effet réalisable dans le temps et avec le coût indiqués. C'est ce qu'il me paraît, messieurs, impossible de soutenir.

Remarquez-le : si vous aviez commencé par établir la mauvaise foi des assertions du début et des assertions de 1888, je vous suivrais très bien ; pourquoi ? Parce que vous me tiendriez en toute raison le raisonnement suivant : vous diriez que vous avez commencé par établir que l'entreprise de Panama, telle que nous l'avons comprise, était une escroquerie, que par conséquent les emprunts sollicités du public étaient de l'argent escroqué au profit d'une entreprise chimérique ; vous en concluriez facilement que nous ne pouvons pas avoir fait les dépenses nécessitées par les emprunts dans l'intérêt de la Société, dont nous ne faisions qu'augmenter les dettes, sans pouvoir faciliter la réalisation d'un projet chimérique voué à un échec certain. Vous diriez par conséquent : Il est impossible que, de bonne foi, vous ayez tiré de la caisse de la Société de Panama des sommes destinées à faire aboutir des emprunts qui, eux-mêmes, n'étaient destinés à aucun but utile dans l'intérêt de la Société.

Mais si vous êtes dans l'impossibilité d'établir que les affirmations de l'origine et les affirmations de 1888 étaient fausses, si je suis en mesure, moi, d'établir pour la Cour que, ces affirmations, nous y avons cru, qu'elles étaient pour nous la vérité et que nous avions des raisons puissantes de les croire vraies, comment voulez-vous qu'il vienne à la pensée de quelqu'un que nous ayons commis un abus de confiance en dépensant les sommes nécessaires pour la réussite des emprunts destinés à mettre en œuvre cette pensée utile, réalisable, et que nous avons cru pouvoir mener à bien ? Jamais vous n'y parviendrez. Pourquoi ? C'est parce que la caractéristique de l'abus de confiance — et je n'ai besoin pour cela ni de la doctrine ni des arrêts, le bon sens parle plus haut — la caractéristique de l'abus de confiance, c'est l'emploi des fonds contrairement à l'intérêt du mandant. Voilà une concession plus large que la doctrine de l'arrêt de Metz, Monsieur l'Avocat général : l'emploi de fonds contrairement à l'intérêt et à la volonté du mandant. Eh bien ! si c'est pour faire réussir une escroquerie que j'ai employé ces fonds, il est clair que je les ai employés contrairement à l'intérêt du mandant ; mais si je les ai dépensé pour faire réussir une entreprise que je croyais utile, et que, avec tous mes mandants, je croyais possible, il est clair que j'ai employé ces fonds dans l'intérêt de mes mandants et sans le moindre abus de confiance.

Tenez, Messieurs, voulez-vous saisir d'un mot, d'une manière concrète, ce que je viens d'établir d'une manière un peu abstraite : je suppose que l'émission des bons à lots de 1888 ait été entièrement couverte ; je suppose que nous ayons touché les 600 millions ; je suppose que nous ayons, avec ces 600 millions, mené à bien le canal à écluses ; je demande si l'on pourrait soutenir que les sommes dépensées pour obtenir ces 600 millions ont été détournées par abus de confiance.

Oh ! j'entends très bien que si les assemblées n'ont pas encore ratifié ces dépenses, on pourra, au jour de la première assemblée générale, contester tel ou tel article, on pourra soutenir que trop d'argent a été donné

à M. de Reinach, on pourra soutenir que M. Oberndœrffer s'est fait payer d'une manière excessive l'idée
qu'il a apportée, on pourra soutenir tout cela ; et s'il se
trouve une majorité d'actionnaires pour suivre cette
opinion, on forcera en débet les administrateurs de la
Société, on ne leur passera pas en compte telle ou telle
dépense.

Mais soutenir au point de vue criminel que ces dépenses ont été des détournements, que ces sommes ont été
employées. contrairement à l'intérêt du mandant compris de bonne foi, soutenir qu'il y a eu là cette intention frauduleuse sans laquelle ne peut exister le délit,
c'est, Messieurs, ce que personne n'admettra.

J'en reviens donc à ce que je disais tout à l'heure :
toute la prévention, escroquerie et abus de confiance,
tourne exclusivement autour de ces deux points :

Oui ou non, en 1880, quand nous avons dit que le
canal coûterait 600 millions et qu'il serait fait en huit
années, avons-nous dit une chose que nous savions
fausse ou avons-nous dit une chose que nous croyions
vraie et que nous avions toutes les raisons du monde de
croire vraie ?

En 1888, quand, après toutes les déceptions connues
du public, après toutes les attaques que vous connaissez, après toutes les discussions du Parlement, nous
avons dit que nous ferions le canal à écluses pour un
prix de 600 millions et dans un délai de deux années et
demi, avons-nous trompé le public ou avons-nous dit
une chose que nous croyions vraie et que nous avions
toutes les raisons du monde de croire juste et véritable ?

Voilà, messieurs, tout le procès.

Je n'entends nullement revenir sur ce qui a été déjà si bien, si admirablement plaidé aux audiences précédentes par mon honorable confrère, M° Barboux, je vous demande la permission de m'appesantir pendant quelques instants sur des faits que vous ne connaissez pas encore, sur des chiffres : c'est une tâche ingrate, mais je sais depuis longtemps qu'il n'y a rien d'ingrat pour la Cour quand elle est à la recherche de la vérité.

Voyons donc le premier point : la période d'origine, le devis Couvreux et Hersent, les 530 millions du devis Couvreux et Hersent.

Quels sont les arguments que nous oppose M. l'Avocat général pour établir que nous n'avons pas pu croire au devis Couvreux et Hersent et que nous étions de mauvaise foi en le publiant et en fondant sur ce devis les calculs présentés au public?

Il y a un premier argument, c'est le fait accompli. On nous dit : Vous avez produit un devis de 530 millions, vous avez promis de faire le canal pour 600 millions, vous avez dépensé 1.400 millions et vous n'avez pas tout fini.

Je réponds : cet argument ne touche pas à la question de bonne foi, ne touche pas à la question de savoir si, en produisant le devis Couvreux et Hersent, nous savions que le chiffre indiqué était insuffisant. Il arrive tous les jours qu'on dépense beaucoup plus qu'on n'a prévu! Demandez à M. Garnier ce qu'il a enfoui dans le sous-sol de l'Opéra pour étancher la rivière souterraine qu'il y a rencontrée; interrogez les ministres qui ont successivement présenté aux Chambres les projets de loi relatifs au port de la Réunion, dont à l'audience d'hier on vous avait dit l'édifiante histoire, où 34 millions de forfait ferme n'ont pas suffi et ont été remplacés par 64 millions qui n'ont pas suffi davantage, si bien que l'entreprise a dû être confisquée, mise en régie et terminée par l'État à un prix qu'il n'a jamais avoué... Eh bien! le ministère public, s'agissant de travaux faits par l'État, par la seule intervention de ses ingénieurs, de ses architectes, et après le vote du Parlement, ne peut pas parler de la mauvaise foi des évaluations du début, il ne peut même pas parler d'imprévoyance. Il est bien obligé de reconnaître que ce sont là des événements véritablement imprévus, qui ont modifié toutes les données. Laissons donc le fait accompli, il conduit à l'erreur — nous l'avouons et nous n'avons aucun mérite à l'avouer, elle est patente, — il ne conduit pas à la mauvaise foi.

On critique encore le devis Couvreux et Hersent en lui-même, mais sur quoi donc se fonde M. l'Avocat général pour cela? Ah! Messieurs, je vous prie ici de vouloir bien me permettre une observation qui me brûle les lèvres depuis l'origine même de ce débat. Nous sommes appelés à justifier de notre bonne foi, qui est toujours présumée, n'est-ce pas? Et c'est au ministère public à détruire cette présomption de bonne foi en apportant des preuves.

Le devis Couvreux et Hersent ne se borne pas à jeter en l'air le chiffre de 530 millions sans le détailler; ce chiffre n'est que le résultat, l'addition d'une succession d'articles divers ; chacun de ces articles divers est lui-même composé de deux éléments, un cube et un prix unitaire qui multiplie le chiffre du cube. M. l'Avocat général conteste-t-il les cubes, M. l'Avocat général conteste-t-il les prix unitaires ? Nous n'avons rien entendu de pareil jusqu'à présent, et vous ne trouverez au dossier aucun travail quel qu'il soit qui puisse, de près ou de loin, passer pour une critique, encore bien moins pour une preuve de mauvaise foi, contre le chiffre du devis Couvreux et Hersent.

Par conséquent, j'ai le droit de dire à la Cour : Dans quelle situation sommes-nous ? On demande une condamnation, on se fait l'écho de l'opinion publique ; on dit qu'il est inadmissible que des faits pareils se soient produits sans mauvaise foi. Établissez-le, prouvez-le ! Il ne s'agit pas ici de discuter dans une réunion publique où celui qui parle le plus fort a raison ; il s'agit de persuader des magistrats, nous sommes en justice ; il s'agit de donner à la Cour les éléments nécessaires pour écrire dans son arrêt que ce devis était frauduleux et de mauvaise foi. Avez-vous apporté quelque chose ? Non, vous n'avez rien apporté.

A défaut, Messieurs, d'une critique sur les chiffres, dont l'absence restera la faiblesse de l'accusation — faiblesse sous laquelle elle périrait, même si je ne répondais pas, parce que d'office vous la relèveriez — en l'absence de cette critique documentée que nous offre-t-on ? On nous offre un raisonnement. Et ici, sans le lire textuellement, je le reproduis avec toute la fidélité et toute la force dont je suis capable. On nous a

dit : Le congrès, dont vous prétendez avoir reçu mandat,
a évalué la dépense à 1.200 millions; si vous aviez
essayé de fonder votre Société sur ce chiffre, si vous
aviez avoué une dépense pareille, personne ne vous
aurait suivis, on ne vous aurait pas donné un centime ;
alors vous avez essayé de la réduire, vous avez essayé
de faire apparaître la chimère d'un chiffre moins considérable. Comment vous y êtes-vous pris? Vous avez
envoyé dans l'isthme une commission... Je ne sais pas
où vous en avez cherché les membres... Quelques mal-
heureux, probablement, auxquels vous avez payé le
voyage ; vous les avez décorés du nom de commission
technique et vous leur avez dit : Il nous faut un prix
réduit. Ces hommes sont partis obéissants, et ils sont
revenus avec un devis de 843 millions.

Ces chiffres ne vous convenaient pas encore ; vous
avez très bien senti que si vous annonciez qu'il fallait
843 millions pour le seul creusement du canal, on ne
vous donnerait pas d'argent. Alors, ayant épuisé l'auto-
rité des membres de la commission technique, vous
avez envoyé là-bas d'autres personnes, *dii minores*,
Couvreux et Hersent, des entrepreneurs ; voilà ceux à
qui vous étiez obligés de demander ce service, puisque
les ingénieurs s'y refusaient. Couvreux et Hersent sont
revenus de l'isthme avec un devis de 530 millions.

Le devis vous a convenu cette fois, et alors vous
l'avez prôné, vous l'avez publié, vous l'avez partout
proclamé. On vous a crus, on vous a suivis, on vous a
donné l'argent nécessaire ; mais vous n'aviez pas la foi
vous-mêmes, vous ne pouviez pas l'avoir parce qu'il
y avait entre ce chiffre réduit de 530 millions et le
chiffre initial de 1.200 millions un tel écart, — plus de
moitié, — qu'aucun homme raisonnable, et vous êtes

tous des hommes raisonnables, ne pouvait croire possible au prix de 530 millions ce qui d'abord avait été évalué à 1.200 millions. Voilà bien l'argument de M. l'Avocat général.

Il y a d'abord une lacune à ce raisonnement. Ce raisonnement prend pour point de départ la nécessité pour M. de Lesseps de faire le canal de Panama. Pourquoi donc M. de Lesseps s'acharnait-il à vouloir imposer à la France qui n'en voulait pas le percement de l'isthme de Panama? Pourquoi voulait-il à toute force entreprendre ce grand travail qui paraissait impossible, ou dont le public ne voulait pas fournir les capitaux? Avait-il un motif personnel? Le canal de Suez allait-il mal? Non, on ne peut indiquer aucun mobile de cette obstination poussée jusqu'au mensonge et à la fraude.

M. l'Avocat général cependant en a trouvé un. M. de Lesseps a été poussé par une ambition démesurée! Et alors je signale aux criminalistes un délit nouveau, l'escroquerie par ambition. Messieurs, on ne peut pas répondre à de pareilles choses !

Pour moi une telle allégation est aussi raisonnable que si l'on soutenait que Napoléon a fait la guerre d'Espagne avec l'intention frauduleuse de ruiner la France et de perdre sa dynastie. Voilà pourtant la lacune que j'ai le droit de signaler tout d'abord dans le raisonnement de M. l'Avocat général.

Mais allons au fond des choses. Je suis ici pour faire la lumière, et je vous assure que je la ferai.

Est-il vrai qu'il y ait entre le devis du congrès et le devis Couvreux et Hersent cette différence colossale de 1.200 millions à 530 millions? Ah! si les deux chiffres s'appliquaient aux mêmes dépenses et aux mêmes prévisions, je comprendrais l'étonnement de M. l'Avocat général, je comprendrais la sévérité avec laquelle il demanderait compte de l'acceptation d'une telle différence ; mais si elle n'existe pas? si la comparaison de ces deux sommes de 1.200 millions et de 530 millions est captieuse et si elle est due uniquement à une légende, créée par le rapport de M. Flory qui, n'étant pas ingénieur, mais seulement un excellent comptable, s'est contenté de comparer deux soldes sans savoir de quoi étaient composés les deux comptes dont il juxta=posait les résultats?

Eh bien! Messieurs, c'est pourtant à l'œuvre de comparaison sur le détail que je convie la Cour.

Comment! dira-t-on peut-être, vous allez discuter, devant la Cour, à douze années dans le passé, à 2.000 lieues de distance, sur des devis, sur des plans, sur des cubes, sur des prix unitaires? Y pensez-vous? Comment! si j'y pense! Je vous fais d'abord le reproche de n'avoir pas pensé vous-même à le faire, car per=mettez-moi de vous le dire, c'était le fondement même de votre prévention; et si cette discussion était impossi=ble, il fallait la faire faire par d'autres, Monsieur l'Avocat général; et si vous ne trouviez personne pour la faire, il fallait renoncer à la prévention, parce qu'encore une fois, je le répète, vous n'arriverez à faire dire à la Cour, sur des phrases en l'air et sur des preuves par analogie, vous n'arriverez pas à lui faire dire qu'il y a ici la fraude et la mauvaise foi. Il le faut, c'est là nécessité du rôle que vous avez assumé, il faut que votre preuve soit faite ; elle ne l'est pas.

Je pourrais m'arrêter, mais je vais faire, comme je l'annonçais au début de ces observations, les demandes et les réponses, et la réponse, vous allez l'entendre jusqu'au bout. Ce travail que vous croyiez impossible est d'une simplicité extrême, et nous allons, Messieurs, le faire si vous le permettez, en très peu de minutes, sous votre contrôle.

On a dit que le congrès avait évalué la dépense du creusement du canal à 1.200 millions, cela est tout à fait inexact ! Le congrès n'a pas dit cela ; voici le détail du devis du congrès. J'ai l'honneur de le faire passer à la Cour. Ce n'est pas mon œuvre, c'est la copie du rapport de M. Flory. Que dit donc le devis du congrès ? Le congrès a commencé son examen en ayant sous les yeux un autre devis, celui de M. Bonaparte Wyse, qui s'élevait à un chiffre total de 427 millions de francs pour le coût matériel du canal. Examinant le devis, le congrès, afin d'être plus sûr de faire une évaluation qui ne serait pas dépassée, a élevé tous les prix unitaires et les a portés de 12 à 18 francs ; il est arrivé ainsi, en calculant sur un cube à extraire de 46 millions de mètres, à un total de 506 millions de francs pour le creusement matériel du canal à niveau jusqu'à la profondeur déterminée par lui.

Puis il a pris en considération d'autres éléments ; il a cru d'abord qu'il faudrait revêtir de maçonnerie une partie du talus qui resterait ainsi à nu après le percement du canal, afin de maintenir les terres ; il a évalué à 600.000 mètres cubes de maçonnerie les revêtements nécessaires et, en la mettant à 60 francs le mètre cube, ce qui est un chiffre très élevé, il est arrivé à déterminer une somme de 36 millions ; de telle sorte que le creusement du canal, plus le revêtement en maçonnerie, se monte à 542 millions.

Mais le congrès s'est bien gardé de s'arrêter là ; il fallait encore prévoir d'autres dépenses ; on rencontre une rivière, le Chagres : il fallait pourvoir à cette nécessité ; c'est une rivière très ordinaire en temps habituel, qui s'enfle dans la saison des pluies, et tous les six ou sept ans produit une inondation extraordinaire renversant tout sur son passage, et qui aurait pu détruire les travaux du canal. Il fallait donc pourvoir à la réglementation du cours du Chagres. Il fallait élever un barrage ; le congrès s'en préoccupe, et il évalue le barrage et la dérivation du Chagres à 42 millions ; de plus, comme il faut deux ports d'accès des deux côtés du canal, il les évalue ensemble à 28 millions. Total pour ces deux accessoires : 70 millions qui, ajoutés aux 542 millions que doit coûter le creusement du canal, portent le total de la dépense à 612 millions. Voilà le devis du congrès.

Ah ! je sais bien qu'il y a d'autres chiffres : on ajoute 25 0/0 d'imprévus, c'est beaucoup ; on ajoute des frais de banque et d'administration, c'est un droit ; on ajoute 30 0/0 d'intérêts sur dix ans, 241 millions, c'est légitime ; des frais d'entretien, 50 millions ; on ajoute ainsi 562 millions, et l'on arrive au total de 1.174 millions. Puis, comme ce chiffre ne paraît pas encore tout à fait suffisant, on l'arrondit en ajoutant 23.350.000 francs de plus pour imprévus supplémentaires, à raison du tracé profond ; cela fait un total de 1.200 millions.

Vous avez, messieurs, suivi tout cela, vous l'avez vu avec détail ; qu'en résulte-t-il ? Il en résulte que, quand MM. Couvreux et Hersent font de leur côté un devis qui arrive à 530 millions, ils ne sont pas aussi loin que vous pourriez le croire du devis du congrès. Et ils en sont d'autant moins éloignés que vous avez pu remarquer que l'idée des maçonneries n'a pas été maintenue ; pourquoi ? Vous allez le comprendre tout à l'heure, mais je le dis dès à présent, et je vous fais passer à cet égard un petit document que vous pourrez suivre et qui est la comparaison des deux devis.

Lorsque le congrès a établi ce chiffre, il avait compté sur 46 millions de mètres cubes ; or, 46 millions de mètres cubes, cela supposait des tranchées extrêmement abruptes et droites ; quand la commission technique s'est transportée sur les lieux, elle a vu qu'on ne pouvait pas compter sur des tranchées aussi verticales et aussi abruptes ; et alors il a fallu nécessairement augmenter le cube du déblai, car, voulant incliner davantage le talus pour arriver à une même surface de plafond, il fallait nécessairement une extraction de terre plus considérable. Mais comme cette nécessité d'augmenter l'inclinaison du talus, d'augmenter le cube à extraire était la conséquence de l'impossibilité de maintenir les terres sur une pente aussi rapide, à cause de leur consistance moins dure que celle prévue au début, par une conséquence inévitable, si le cube du déblai s'accroissait, la dépense nécessaire pour l'extraire diminuait proportionnellement, de telle sorte qu'en faisant la comparaison du chiffre du congrès, 506 millions plus 36 millions du revêtement de maçonnerie, 542 millions avec le chiffre de la commission technique qui ne prévoit plus de revêtements en maçonnerie, devenue inutile par l'adoucissement des talus, on voit que l'augmentation de dépense n'est pas en proportion avec l'augmentation du cube à extraire. Ce cube est augmenté de 29 millions de mètres cubes à ajouter à 46 millions. C'est une augmentation de 65 0/0 sur le chiffre de 46 millions.

Si l'on compare au contraire le prix du congrès, qui est de 506 millions, avec le prix fixé par la commission technique et qui s'élève à 570 millions, on voit que l'augmentation du prix n'est que de 64 millions, ce qui représente 8,87 0/0 du devis du congrès. Il ne faut donc pas dire que dès l'abord l'exagération de cette différence devait appeler l'attention de M. de Lesseps ; MM. Couvreux et Hersent n'ont donc pas fait une œuvre extraordinaire en ramenant le devis à ce chiffre.

Il reste maintenant à se demander comment ils y sont arrivés. Nous allons suivre avec soin les événements. MM. de Lesseps avaient envoyé dans l'isthme une commission technique composée des hommes les plus éminents, des ingénieurs les plus distingués; MM. Couvreux et Hersent les avaient accompagnés avec le plus grand intérêt et, pendant que les ingénieurs de la commission technique faisaient leurs sondages, prenaient leurs mesures et toutes leurs dispositions pour transporter sur le papier le résultat de leurs vérifications et formuler eux-mêmes un chiffre, MM. Couvreux et Hersent les suivaient, ne perdaient pas une seule de leurs constatations, les notaient de leur côté, de façon à se faire également une opinion sur le travail.

Qu'a fait la commission technique? Elle a d'abord, comme je viens de vous l'indiquer, Messieurs, élevé de

46 à 75 millions, et pour les causes connues, le cube du déblai, et elle a indiqué une dépense qui, pour le creusement du canal, doit s'élever à 576 millions. Je vais également passer à la Cour, sous le nom de document B, l'extrait du rapport de M. Flory qui contient le devis de MM. Couvreux et Hersent. Voulez-vous que nous le lisions ensemble?

Vous avez d'abord une grande division : MM. les membres de la commission technique du congrès international ont divisé leurs évaluations en travaux au-dessus de l'eau et travaux au-dessous de l'eau.

Première division : terre, 27.350.000 mètres cubes à 2 fr. 50; roche moyennement dure, 825.000 mètres cubes à 7 francs; roche dure, 27.724 mètres cubes à 12 francs; enlèvement de roches à l'aide d'épuisement, 6.409.000 mètres cubes à 18 francs.

Puis nous passons aux travaux sous l'eau : Vase et alluvions, 12.000.000 de mètres cubes; terrain dur pouvant être dragué, 300.000 mètres cubes; enlèvement de roches sous l'eau, 377.000 mètres cubes à 35 fr. 80; vous voyez que ce sont de gros prix. Je ne lis pas les chiffres puisque la Cour les a sous les yeux, étant donné qu'il est plus simple de voir que d'entendre les chiffres.

Je m'arrête un instant aux totaux.

75 millions de mètres cubes; le prix total d'extraction de ces 75 millions de mètres qui, une fois extraits, laisseront le canal terminé, a donné 570 millions; il est vrai que la commission prévoit d'autres travaux : ce sont les mêmes que ceux qu'a prévus le Congrès de géographie.

Barrage du Gamboa... oh! ici nous sommes en face d'une grosse évaluation! Nous avons vu tout à l'heure qu'on demandait 42 millions pour le barrage du Gamboa et les dérivations diverses ; ici on demande 100 millions pour le barrage du Gamboa, et 75 millions pour la dérivation du Chagres et des autres petits ruisseaux. Puis nous passons aux deux ports de l'Atlantique et du Pacifique : le congrès avait prévu 28 millions pour les deux, on ne prévoit plus ici que 10 millions pour l'un, 12 millions pour l'autre ; ce n'est plus que 22 millions. Si vous faites le total de tous les travaux accessoires, on arrive à 197 millions, lesquels, ajoutés à 570 millions pour le creusement du canal proprement dit, constituent une dépense totale de 767 millions. Ce n'est qu'en ajoutant 10 0/0 d'imprévus sur cette dépense qu'on arrive à 843 millions, chiffre définitif du projet qu'on a appelé le devis de 843 millions.

Vous voyez, Messieurs, si vous décomposez ce devis, que pour le creusement du canal proprement dit, et malgré l'augmentation considérable du cube, vous n'êtes pas encore très loin du chiffre du congrès ; ce qui fait la principale augmentation, ce sont les 175 millions qui, d'un seul coup, viennent s'ajouter aux prévisions pour la construction du barrage du Gamboa et la dérivation du Chagres.

Ce devis, M. de Lesseps l'a-t-il caché ? Ce devis, qui lui aurait été si funeste, suivant M. l'Avocat général, qui, s'il l'avait publié, aurait empêché le public de souscrire, l'a-t-il prudemment enfoui dans les cartons de la Compagnie ? Pas le moins du monde, et Mᵉ Barboux vous lisait hier le passage du *Bulletin* de la Compagnie dans lequel tous les chiffres ont été publiés, de sorte que quand on compare le devis de Couvreux et Hersent à celui de la commission technique, on a tout sous les yeux, on peut se rendre compte de tous les éléments de l'un et de l'autre.

Mais comment donc, en face de ces constatations sur place qui ont servi à la fois à la commission technique et à MM. Couvreux et Hersent, — car ce sont les mêmes, je vous l'ai dit tout à l'heure, MM. Couvreux et Hersent n'ont pas fait d'autres constatations que celles de la commission technique qu'ils ont suivie pas à pas ; c'est sur les observations qu'ils ont pu faire eux-mêmes qu'ils ont ensuite établi leur devis ; comment ont-ils pu établir un devis aussi différent quant aux chiffres ? C'est, Messieurs, ce qu'il reste à examiner.

D'abord, voulez-vous que nous commencions par les écouter eux-mêmes ? je crois que cela sera plus simple, car nous les entendrons développer leurs idées, et veuillez bien remarquer que ces idées ont été développées publiquement dans un discours solennel que M. Couvreux a prononcé à Gand, lors d'une grande réception qui a été faite à M. de Lesseps ; il est vrai que de Gand on ne pouvait pas parler à la terre entière, mais, Messieurs, le *Bulletin* s'est chargé de rapporter fidèlement le discours de Gand comme tous les autres, si bien que c'est là que nous retrouvons le langage tenu par MM. Couvreux et Hersent.

Le discours est assez long ; à l'audience dernière, Me Barboux vous a lu une partie de leurs déclarations, celles qui avaient trait à l'ensemble des opérations et à la foi qu'ils avaient dans l'avenir de l'entreprise. Voulez-vous me permettre de placer sous vos yeux cette autre partie que j'estime nécessaire à la démonstration ?

Lorsque, après un mois d'opérations pénibles sur le tracé du futur canal, au milieu d'une contrée dont la végétation est si puissante qu'elle constitue une véritable forêt vierge, toutes les brigades furent rappelées à Panama, un autre travail tout aussi ardu se présentait à nous : rapporter sur le papier les profils relevés, les calculer et rechercher sur le plan les points de passage les plus économiques, en traçant les courbes dans les limites de rayons imposés par le congrès de Paris. Les calculs démontrèrent que le cube des terres et des roches de toute nature à extraire pour l'exécution du canal, atteindrait au maximum 75 millions de mètres.

Le sous-sol, de natures si diverses dans cette partie de l'isthme, fut classé en diverses catégories : terres et alluvions, roches tendres et dures, etc. ; mais, malgré les nombreux sondages exécutés dans l'isthme, la commission ne put adopter qu'un classement approximatif des matériaux à extraire.

Lorsqu'il fallut appliquer à ces différents matériaux des prix d'unités ou coût de leur extraction, les discussions qui s'étaient élevées au congrès de Paris, dans la première sous-commission de la commission technique, recommencèrent ; et, comme il était à présumer que l'on arriverait dificilement à se mettre d'accord, on adopta par une sage mesure, afin d'éviter toute critique, les prix fixés par le congrès ; c'est ainsi, Messieurs, que le devis remis à Panama le 14 février dernier, entre les mains de M. de Lesseps, par la commission technique et internationale, se chiffrait à 843 millions de francs.

Tous les documents qui avaient servi de base à nos calculs furent rapportés à Paris ; de leur examen et des détails qui leur furent donnés par nos compagnons qui étaient rentrés directement, mon père et M. Hersent acquirent la conviction que de notables économies pouvaient être faites sur ce devis.

En effet, s'entourant des conseils de plusieurs de leurs collègues, et mettant en parallèle le coût des travaux exécutés en Europe et en Egypte, ils arrivèrent à présenter à M. de Lesseps ce nouveau devis de 512 millions.

Notez, Messieurs, qu'au lieu d'appliquer le prix de 2 fr. 50 pour l'extraction d'un mètre cube de terre ou d'alluvions, on ne compte plus que 2 fr. lorsque pour le canal de Terneuzen et à Anvers l'Etat ne paie pas 1 fr., et qu'à Panama nous calculons sur des millions de mètres cubes.

Je vous parle d'économies à réaliser sur l'extraction des terres, mais n'en sera-t-il pas de même pour les pierres ? Alors que nous avons été obligés, pour rallier toutes les opinions, d'admettre des talus de 1/4 pour la grande tranchée de la Culebra, lorsque, dans votre pays, l'on voit des carrières de plus de 50 mètres de profondeur, dont les parois sont verticales ; pourquoi cet état de choses si rationnel n'existerait-il pas là-bas ? Car, si les roches sont tendres et nécessitent des talus escarpés, on doit les compter au prix le plus bas, et si elles sont dures, les talus se rapprocheront de la verticale, d'où le cube sera très notablement réduit pendant l'exécution des travaux et, par suite, le montant des dépenses prévues.

Pour les pierres et roches, nous n'avons plus admis que deux prix, 6 et 9 francs, suivant le cas où elles nécessiteraient l'emploi ou non de matières explosibles; une plus-value est comptée pour les épuisements éventuels et pour l'extraction en mer.

Il est certain que ces prix sont encore au-dessus de la vérité ; et si l'avenir démontre que les devis établis aujourd'hui n'ont pas été atteints, il ne faudra pas, Messieurs, accuser le savoir de ceux qui les ont élaborés, mais reconnaître leur sage prévoyance dans l'élaboration de travaux aussi gigantesques à exécuter dans des pays si nouveaux et presque inconnus.

C'est à l'aide de ces appréciations qu'ils résumaient ainsi pour le public et que nous avons fait connaître au public tout entier, que MM. Couvreux et Hersent ont établi à leur tour leur devis. Je l'extrais encore textuellement du rapport Flory, parce que chacun de vous, Messieurs, ne pouvant avoir un exemplaire du rapport sous les yeux, il m'est essentiel de pouvoir fixer les idées de la Cour sur ces détails en même temps que je les examine moi-même.

Au-dessus de l'eau : terre et alluvions, 26 millions de mètres cubes à 2 francs : 52.061.340 francs.

Roches demi-dures, 487.495 mètres cubes à 9 francs : 4.380.455 francs.

Roches dures, 20.558.445 mètres cubes à 9 francs : 185.033.005 francs.

Au-dessous de l'eau :

Terres et alluvions, 17.055.280 mètres cubes à 2 francs : 34.110.560 francs.

Roches demi-dures dragables, 962.000 mètres cubes à 6 francs : 5.776.000 francs.

Roches dures avec épuisement, 7.512.025 mètres cubes à 18 francs : 135 millions.

Roches dures sous l'eau, 379.000 mètres cubes à 35 francs, 13.276.445 francs.

Total : 72.986.000 mètres cubes; total de la dépense : 429.854.399 francs.

Soit 430 millions de francs.

Puis viennent les travaux accessoires : Grand barrage, 10 millions; dérivation, 20 millions; port du Pacifique, 12 millions; port de l'Atlantique, 10 millions; les travaux accessoires montent ensemble à 52 millions, et le total se trouve ainsi porté à 482 millions; on y ajoute 10 0/0 d'imprévu, soit 48 millions; et l'on arrive au chiffre total de 530 millions.

Vous êtes frappés immédiatement d'une grande différence. Tout à l'heure les grands barrages, les déversoirs étaient portés pour 100 millions; ici, on ne porte plus que 10 millions; les rigoles de dérivations étaient portées pour 75 millions, ici on ne porte plus que 20 millions.

Quant aux chiffres des deux ports, ce sont les mêmes que tout à l'heure, 10 et 12 millions.

Maintenant, Messieurs, il y a encore une chose intéressante à faire, c'est de comparer en détail le devis Couvreux et Hersent, avec le devis de la commission technique, et, pour vous éviter la peine de vous reporter alternativement de l'un à l'autre de ces deux documents, j'ai placé en même temps, sur un seul document à deux colonnes le devis de la commission technique et le devis Couvreux et Hersent, et je fais ressortir dans une colonne finale les différences en plus ou en moins. Voulez-vous, Messieurs, que nous le suivions pas à pas? C'est le document D.

Voyons les différences.

D'abord, pour les terres, vous voyez tout de suite qu'au-dessus de l'eau, il y a 27 millions de mètres cubes dans le devis de la commission technique, et seulement 26 millions dans le devis Couvreux; elle les compte à 2 fr. 50, Couvreux les compte à 2 francs; il en résulte en moins, dans son devis, une somme de 16.498.000 francs.

Je puis réellement passer sous silence le second article, les roches demi-dures; Couvreux les compte à 9 francs au lieu de 7, prix de la commission; c'est nous qui avons le prix le plus élevé.

Roches dures. Ah! ici, nous allons trouver une grosse différence, et dans le cube et dans le chiffre: 27.724.000 mètres dans le devis de la commission technique et le prix est de 12 francs, tandis que dans le devis Couvreux on ne porte que 20.458.000 mètres et le prix n'est que de 9 francs, de sorte que de ce chef, il y a une différence de 147.000.000 en moins dans le devis Couvreux.

Enlèvement des roches avec épuisement. Ici, c'est Couvreux qui reprend la supériorité; tout à l'heure il a diminué le cube des roches, ici il l'augmente; la commission n'en voit que 6.409.000 mètres, il en trouve 7.512.000, et remarquez qu'il y aurait quelque mérite à le faire s'il pouvait y avoir un mérite à dire la vérité, car tout à l'heure il a diminué des cubes évalués au prix de 9 francs, mais ici il augmente des cubes évalués au prix de 18. Il prévoit un chiffre de 135 millions, supérieur de 20 millions à celui de la commission.

Passons maintenant au-dessous de l'eau. Vous voyez que c'est Couvreux qui prévoit le chiffre le plus élevé, puisqu'il compte 17 millions de mètres cubes au lieu de 12 millions pour les terres, et 962.000 mètres cubes au lieu de 400.000 pour les terrains durs draguables; enfin, pour la roche sous l'eau, il donnait un chiffre un peu plus considérable que celui de la commission.

J'ai fait les additions séparément pour les travaux sous l'eau et ceux au-dessus de l'eau; ceux au-dessus de l'eau sont de 55.899.000 mètres cubes pour la commission technique; pour Couvreux ils ne sont que de 47 millions de mètres cubes. Les prix pour les travaux au-dessus de l'eau sont de 407 millions pour la commission technique; pour nous, ils sont de 241 millions : différence 165 millions.

Mais nous nous rapprochons pour ce qui concerne les travaux au-dessous de l'eau; nous avons une différence de 25 millions en plus, pour enlèvement des roches avec épuisement; 3.600.000 pour les vases et alluvions; 2.176.000, pour les terrains durs draguables; 81.000 fr. enfin pour les enlèvements de roches sous l'eau... Total 25 millions d'augmentation pour ces articles du devis Couvreux. De sorte que si vous compensez ce qui est en moins et ce qui est en plus, vous arrivez à une différence, en ce qui concerne le creusement proprement dit, de 140 millions, en moins dans le devis Couvreux.

Arrivons enfin aux autres travaux où j'ai signalé une différence de 90 millions sur l'évaluation du barrage du Chagres, et de 55 millions sur les rigoles de dérivations, soit ensemble 145 millions.

Maintenant que tout ceci est bien vu et bien contrôlé, examinons quelle a été la pensée de MM. Couvreux et Hersent.

Anciens entrepreneurs du canal de Suez, habitués au travail à la drague, ils savaient l'avantage considérable de ce travail à la drague, et ils ont essayé d'y ramener la plus grande partie possible du cube à extraire; ils prennent comme travail pouvant s'effectuer ainsi 18 millions de mètres cubes, tandis que le devis de la commission technique n'en prévoyait que 12 millions. Puis, comme ils l'ont dit à Gand, ils font une économie notable sur les extractions de roches parce qu'ils ne comptent qu'à 9 francs, au lieu de 12 francs, 20 ou 25 millions de mètres cubes.

Vous voyez que jusqu'à présent je n'ai pas fait une œuvre bien difficile, je me suis borné à analyser les devis des trois commissions qui avaient été appelées successivement à donner leur opinion. Seulement, au lieu de raisonner toujours dans le vague, en jetant dans le débat de grandes phrases et des accusations sonores, je me suis appliqué à préciser; cela n'a pas été bien compliqué.

Nous voilà maintenant parfaitement sûrs des motifs de la différence, elle se fixe en deux chiffres : il y a 140 millions de différence sur le déblai, et cela tient exclusivement à l'adoption du prix de 9 au lieu 12 francs pour les roches. Puis il y a encore 145.000 francs de différence sur le barrage et la dérivation du Chagres, et cela se fonde sur des opinions différentes de la difficulté du travail.

C'était donc bien difficile à faire, cela, Monsieur l'Avocat général? Non, ce n'était pas bien difficile, et si vous ne pouviez pas le faire, vous pouviez le faire faire par des experts qui se seraient offerts à vous.

Maintenant que la différence est indiquée, comment

est-il possible à la prévention de nous dire que, quand nous avons adopté le prix de 9 francs pour ces roches au lieu du prix de 12 francs, nous avons...

M. L'AVOCAT GÉNÉRAL. — Je n'ai pas dit cela.

Mᵉ DU BUIT. — Certainement, vous ne l'avez pas dit ! Vous n'avez même pas abordé ce travail, et c'est ce dont je me plains. Mais moi, je vous mets en ce moment dans la nécessité d'apporter à la Cour un élément sur une question précise ! Jusqu'alors, nous avons discuté dans le vague, je vous oblige à discuter dans la précision.

Nous voilà en face de ces deux devis, nous savons quels sont les éléments dont ils se composent, nous savons quels sont les cubes, nous savons quels sont les prix unitaires, nous sommes d'accord sur le fait. Avez-vous quelque chose à relever pour dire qu'on est de mauvaise foi en disant : Le prix d'extraction est de 9 francs au lieu de 12? Avez-vous quelque chose? Non, vous n'avez rien. Eh bien! moi, j'ai quelque chose.

Il n'était pas bien difficile de rechercher dans les archives de la Compagnie de Panama quels étaient les prix qu'on avait payés pour ces extractions de roches; vous avez eu les marchés, vous les avez tous saisis; M. Flory a fait de très intéressantes comparaisons et évaluations sur ce qu'il a appelé les excès et les prodigalités de la Compagnie de Panama; avez-vous seulement recherché si les prix qu'on a payés étaient d'accord avec les prix évalués par MM. Couvreux et Hersent?

J'ai demandé qu'on fît cette recherche, elle a été faite, et voici quels en sont les résultats :

Les roches moyennement dures sont comptées à 6 francs le mètre cube, lorsqu'elles sont dragables (devis Couvreux et Hersent), et de 7 à 9 francs dans tous les autres devis.

Le prix de 6 francs serait faible s'il s'agissait de vrai rocher. Mais il y a lieu de croire que l'on a supposé de la roche demi-dure à draguer sans emploi d'explosifs. Dans ces conditions le prix est acceptable; il est même élevé. Il s'applique d'ailleurs, dans le devis, à un cube de moins d'un million de mètres.

Quant aux prix de 7 à 9 francs, ils correspondent aux prix moyens payés en dernier lieu pour l'extraction de la roche ordinaire dans l'isthme. Il n'y a pas d'ailleurs de roches très dures dans l'isthme.

Ainsi, on a payé 7 fr. 26 les roches du Mindi; la roche beaucoup plus dure de Bohio-Soldado a été payée 1 piastre 90 à un cours de la piastre qui n'a guère dépassé 4 francs 10, soit 7 fr. 80 environ. Dans l'entreprise Vignaud, Barbaud, Blanleuil et Cie, le prix du mètre cube de déblai rocheux entre les kilomètres 34,460 et 37,500 et entre les kilomètres 40 et 44, était fixé à 7 fr. 95.

Il est vrai qu'à la Société de travaux publics, nous trouvons, en 1886, le prix moyen de 9 fr. 46 pour du rocher de dureté diverse, et que ce prix a été porté en 1888 à 10 fr. 30. Mais, comme l'a fait remarquer la commission d'études — et ces observations pourraient s'appliquer à l'ensemble des prix payés vers la fin des travaux de l'ancienne Compagnie, — les prix de 9 fr. 46 et 10 fr. 30 sont des maxima qui tiennent compte du salaire excessif des ouvriers en nombre restreint et insuffisant, et des dépenses supplémentaires fatales sur un chantier dont l'activité doit être exagérée pour obtenir le rendement contractuel prévu. Aussi, examinant ces prix, la commission d'études concluait-elle que le prix de 9 francs paraît devoir laisser aux entrepreneurs un bénéfice suffisant.

De tout cela, Messieurs, je ne retiens qu'une chose : dans les marchés que M.l'Avocat général a eus à sa disposition, il est constaté que les roches du Mindi ont été payées 7,25, que les roches de Bohio-Soldado, très dures, ont été payées 7,80, que dans l'entreprise Barbaud, Vignaud, Blanleuil, le prix du mètre cube de déblai rocheux entre les kilomètres 34,460 et 37,500 et entre les kilomètres 40 et 44, par conséquent sur 7 kilomètres, était fixé à 7,95 ; que la Société de constructions avait un prix moyen de 9,46, et enfin que la moyenne de tous ces prix est de 8,55 ; elle est au-dessous de 9 francs qui ont été portés dans l'évaluation de MM. Couvreux et Hersent. Et je fais remarquer que ces prix, qui ont été réellement payés, sont des prix payés en 1885, 1886, 1888, alors que vous savez aussi bien que moi aujourd'hui que tout avait renchéri dans l'isthme dans des proportions effroyables et que la main-d'œuvre y était extrêmement chère. J'ai le droit de dire que j'ai fait contre le ministère public la preuve qu'il n'a pas essayé de faire contre moi, et que les 140 millions de différence qui résultent de la fixation du chiffre 9 au lieu de 12 sont amplement justifiés.

Ai-je quelque chose de semblable à vous dire pour la différence de 145 millions en ce qui concerne le barrage de Gamboa et la dérivation du Chagres ? j'ai quelque chose de plus simple encore, quelque chose qu'on est en vérité impardonnable de n'avoir pas découvert, puisque c'est un document qui remonte à 1881, puisque c'est la réponse de l'Académie des sciences à M. de Lesseps qui lui soumettait à la fois le devis de 843 millions et le devis Couvreux et Hersent en lui disant : Qu'en pensez-vous ? Eh bien ! nous allons voir ce qu'elle en pensait, car c'est sa réponse que je vais vous lire :

Le congrès de Paris a admis deux solutions pour le Chagres : la dérivation totale du Chagres dans un lit nouveau à ouvrir sur la rive orientale du canal ou bien la construction en amont de Matachin d'un barrage formant dans la vallée un réservoir régulateur d'où l'on ferait graduellement écouler les eaux.

La commission technique internationale a adopté la seconde résolution, c'est-à-dire la construction d'un barrage assez élevé pour recueillir les eaux des plus grandes crues, et d'une rigole pour les conduire à la mer avec un débit maximum de 200 mètres par seconde.

La commission technique avait pensé que le barrage de Gamboa pourrait être fait en maçonnerie, et dans son rapport du 14 février 1880, elle a porté pour cette dépense la somme de 100 millions de francs, mais les sondages exécutés depuis cette époque ont montré que le rocher ne se trouve qu'à une grande profondeur, et, dans l'état où la question se trouve aujourd'hui, l'exécution en maçonnerie de cet ouvrage ne saurait être proposée.

Les ingénieurs de la maison Couvreux et Hersent ont indiqué une combinaison différente.

On doit d'abord remarquer qu'une étanchéité absolue n'est nullement utile pour le barrage de Gamboa, et qu'un écoulement normal de 15 ou 20 mètres par seconde serait sans inconvénient.

Il importe, d'un autre côté, que les déblais de la Culebra soient déposés à une petite distance de la tranchée.

Ces considérations ont conduit à penser qu'on pourrait former le barrage avec ces déblais, simplement déversés des wagons. Le côté d'amont recevra en plus grande quantité les petites pierres et les débris, dont on augmentera le volume, naturellement considérable, en brisant les blocs... »

Ah! nous comprenons maintenant très bien la différence! Une commission avait prévu un barrage qui devait coûter cent millions, mais on s'aperçoit qu'on ne peut faire cette maçonnerie, parce qu'il n'y a pas de sol pour la supporter, et on se rend compte qu'il est tout à fait inutile de jeter cent millions dans ce travail pour lequel dix millions suffiraient.

Il y a là 30 millions de mètres cubes qui vont être arrachés au flanc de l'Obispo, de la Culebra et dans tout le tracé du canal; mais où les mettra-t-on? Messieurs, pour se débarrasser de ces déblais, il fallait faire souvent des travaux d'une difficulté exceptionnelle, il fallait se frayer un passage dans les vallées latérales et aller jeter dans ces vallées ces millions de mètres cubes qui y étaient complètement inutiles. C'est alors que MM. Couvreux et Hersent ont eu l'idée, qui vaut peut-être celle de M. Oberndœrffer, de transporter purement et simplement à quelques kilomètres plus loin les déblais qu'on arracherait de la Culebra, de façon à faire une montagne de 10 à 11 millions de mètres cubes, d'autant plus que, comme le dit M. de la Gournerie, l'étanchéité n'était pas nécessaire.

M. LE PREMIER PRÉSIDENT. — La commission technique, Maître du Buit, faisait-elle apparaître les raisons qui l'avaient déterminée à songer à l'édification de ce barrage à l'aide de maçonneries, au lieu d'arriver tout simplement à cette idée?

Mᵉ DU BUIT. — Elle disait que ce serait plus solide : je ne dis pas que cela ne fût exact, c'eût été plus beau, en tout cas.

L'idée de M. Couvreux, approuvée par l'Académie, est-elle encore une chimère?... Notez que la Compagnie de Panama n'a pas exécuté le barrage de Gamboa, il ne devait être exécuté qu'au moyen des déblais qu'on n'a pas retirés de la Culebra ; mais on avait pris ses précautions pour le faire, et il est bien intéressant de savoir quels ont été les prix stipulés pour cet excédent de transport de déblais, déjà payés dans l'extraction avec transport jusqu'aux endroits de décharge ; il a fallu simplement augmenter le prix du transport des déblais, on l'a fait. La Société de travaux publics et constructions, qui était chargée de ce travail, avait un contrat dans lequel vous pouvez lire l'article que voici :

Plus-value sur le prix des terrassements pour déblais employés dans le barrage du Chagres, prévision d'un cube de 10 millions de mètres : 1 fr. 54.

Par conséquent, en 1886, quand on traitait avec la
Société de travaux publics, alors que tout était renchéri, alors qu'au lieu du prix de 1 franc on a été jusqu'au prix de 1 fr. 54, on payait ces dix millions de
mètres cubes à jeter dans la vallée du Chagres, pour
former ce barrage, à peine plus cher que le prix prévu.
Voilà l'explication de la différence.

Tout cela, Messieurs, est nouveau pour vous, et tout
cela devait être dit, et dit depuis longtemps par la prévention. Comment! avant de savoir ces choses et sans
les rechercher, vous jetez en police correctionnelle les
hommes que voici! Ah! Messieurs, c'est qu'on a bien
d'autres choses à faire! Hier, on était au non-lieu;
aujourd'hui, après une séance parlementaire, on est à la
poursuite :

> Les chiens sont à la porte et demandent leur proie.

Il faut qu'on la leur jette pour les faire taire... un
moment, car ils recommenceront à crier plus fort, et
bientôt on sera obligé de se livrer soi-même en pâture.

En vérité, Messieurs, nous sommes un peuple singu-
lier. Nous avons une École polytechnique qui est la
première du monde, nous avons un corps d'ingénieurs
qui fournit la terre entière, nous avons une Académie
des sciences que vous ne composeriez pas en rassem-
blant les savants du monde entier; les études ont été
faites par ces hommes-là, faites avec un soin extrême,
faites par ceux mêmes qui ont remporté les plus écla-
tants succès. Survient un échec, ou plutôt une augmentation dans la dépense, un retard, une hésitation

dans l'entreprise; croyez-vous qu'on cherchera à s'en rendre compte? croyez-vous qu'on cherchera à pénétrer le secret de ces évaluations que les événements ont démenties? Pas du tout. Comment! un échec? nous, des Français! ce n'est pas possible : nous avons été vendus ou trahis !

Mais enfin, celui qui vous a conduits, c'était M. de Lesseps, c'était un grand génie, un grand patriote... Ah! oui, quand il a fait l'isthme de Suez... parce qu'il nous a fait gagner de l'argent, mais maintenant qu'il nous en fait perdre, ce n'est plus qu'un simple escroc.

Mais l'Académie des sciences?... Laissez donc! on lui aura distribué quelques chèques... Mais MM. Couvreux et Hersent?... D'autres fripons, à la solde de Lesseps, et qu'il a payés en leur donnant 1.200.000 francs. Voilà, Messieurs, comment on écrit l'histoire; voilà comment on fait le procès...

Eh bien! Messieurs, ce que je viens de vous montrer en ce qui concerne le devis de 1880, je vous le montre aussi en ce qui concerne le devis de 1888 ; seulement je ne pourrais pas vous faire une démonstration aussi claire, parce qu'on nous a arrêtés en chemin, et que par conséquent il est impossible de montrer l'application en fait des prix unitaires qui ont servi de base aux devis de MM. Hutin et Dingler.

Mais ai-je besoin de cela? Vous venez de voir le passé, ne pouvez-vous pas, d'après le passé, juger le présent? Ne pouvez-vous pas vous rendre compte de ce qui a conduit la main, la pensée, l'intelligence de ces deux ingénieurs honnêtes que vous avez entendus comme témoins, et qui vous ont affirmé que ces devis étaient sincères? Est-ce que quelqu'un les dément? Est-ce que M. l'Avocat général lui-même a apporté quelque chose? A-t-il l'opinion d'un ingénieur, de qui que ce soit pour vous dire que le devis de MM. Hutin et Dingler n'était pas exact? Il n'y a rien, absolument rien, et c'est moi qui suis obligé de faire la preuve, c'est moi qui suis obligé de discuter !

Mais, Messieurs, vous avez entendu un autre témoin, M. Monchicourt; M. Monchicourt a répondu à une question que lui posait M. le premier Président: « Mais certainement... finir le canal avec 600 millions, je n'en sais rien, mais on aurait amené un navire au sommet de la Culebra, on l'aurait montré aux deux Océans, puis alors, par un dernier effort, on serait arrivé à achever l'entreprise. » Je suis d'accord avec M. Monchicourt.

Permettez-moi de vous demander si, quand on eût pu faire monter un navire au haut de la Culebra, il n'eût pas été aussi facile de l'en faire descendre? Quel est donc le but du canal à écluses ? C'est, à l'aide des écluses, de faire monter les navires et de les faire redescendre de l'autre côté ; eh bien ! le jour où un navire sera en haut, supposez que par une coquetterie bien pardonnable, nous l'y laissions quelque temps, que nous le fassions voir, qu'on en fasse des photographies... qu'on nous accusera de publier comme manœuvre d'escroquerie... Est-ce que le canal ne sera pas fait? N'aurons-nous pas réalisé le programme qui nous avait été tracé ?... Nous vous affirmons, disait-on à M. de Lesseps, que vous arriverez à faire le canal avec 600 millions, ou, si vous n'y arrivez pas, vous aurez du moins produit un résultat tellement considérable et vous serez si près de la solution démontrée, que le dernier effort ne coûtera plus à personne et que vous trouverez tous les capitaux nécessaires pour finir.

Voilà pourtant la prévention à laquelle nous sommes obligés de répondre !

J'ai le droit de dire, même après tout ce qui a été dit avant moi, que je suis arrivé maintenant au fond même de la discussion. Je le répète, si vous ne pouvez pas mettre dans votre arrêt que le devis de 530 millions a été un faux devis, si vous ne pouvez pas mettre dans votre arrêt que le devis de 1888 a été un faux devis, que nous l'avons faussement proclamé, que nous n'y avons pas cru, mais que nous l'avons fait miroiter aux yeux du public, vous ne pouvez admettre ni l'escroquerie ni l'abus de confiance.

Mais M. l'Avocat général s'attache à un mot qui paraît avoir à ses yeux beaucoup d'importance : il ne s'agit pas seulement du devis Couvreux et Hersent, nous dit-il ; vous avez parlé d'un forfait, vous avez fait connaître à toute la terre que ce n'était pas seulement l'opinion d'une maison importante, mais que c'était un forfait ; il nous reproche alors comme une manœuvre d'escroquerie d'avoir publié un forfait qui n'a jamais existé.

M⁰ Barboux vous a répondu ; je ne dirai pas un mot qui n'ait été dit avant moi, je ne reprendrai rien, je veux simplement placer sous vos yeux les considérations suivantes.

Nous avons un forfait ; je suppose que nous l'ayons signé ; je suppose que nous l'ayons publié ; j'entends

M. l'Avocat général nous dire que c'est là la véritable manœuvre de l'escroquerie : produire comme étant une certitude un forfait signé par une entreprise qui n'offre pas plus de surface que l'entreprise Couvreux et Hersent !

Où en serions-nous, Messieurs, avec un forfait signé par eux ? Quel avantage le forfait nous eût-il procuré ? Est-ce que, si MM. Couvreux étaient solvables peut-être pour supporter 5, 6, 8, 10 millions au delà des sommes forfaitaires, ils étaient bons aussi pour payer les centaines de millions dont l'exécution du canal a été grevée au delà de leurs prévisions ? Mais non, certainement ! Et on nous dirait alors : Vous avez fait miroiter aux yeux du public l'engagement d'un tiers, ce tiers n'était rien, il était incapable de garantir une différence supérieure à 10 millions, la différence est immense, vous êtes de mauvaise foi, et l'escroquerie serait encore fondée de ce chef-là.

Ajoutons que l'influence de ce prétendu forfait était bien limitée ; jamais, d'abord, on n'a parlé du forfait comme d'une chose faite, on a dit que MM. Couvreux et Hersent avaient offert de se charger à forfait ou en régie, on n'a pas dit davantage...

M. L'AVOCAT GÉNÉRAL. — On l'a fait imprimer.

Mᵉ DU BUIT. — Je le veux bien, Monsieur l'Avocat général, mais précisons d'abord, je ne dirai rien qu'en fait vous puissiez contredire. Quand donc l'a-t-on fait imprimer ? Avant la souscription, c'est vrai ; mais quand les actionnaires se sont réunis pour constituer la Société, ont-ils su la vérité ?

Osez donc dire le contraire ! Vous ne le pouvez pas, car hier Mᶜ Barboux vous a lu le langage qui leur a été tenu.

Donc, avant la constitution de la Société, s'il y avait parmi les actionnaires un certain nombre de personnes qui ne fussent pas d'accord, s'il y avait un certain nombre de personnes qui pussent dire — comme vous le dites aujourd'hui, douze ans après — que le forfait les avait déterminées, elles étaient libres de se retirer. Nous n'avons donc trompé personne, et vous ne pouvez dire qu'on a entrepris le canal sur l'idée d'un forfait.

Voulez-vous ajouter que l'on n'a même pas entrepris le canal sur l'idée de 600 millions... Il y a dans les statuts un article qui prévoit l'augmentation du capital de 300 à 600 millions; pourquoi faire, s'il vous plaît? c'est parce qu'on pensait qu'il fallait prévoir toutes les éventualités. On croyait qu'on viendrait à bout du canal à niveau avec 300 millions pris au capital et 300 millions pris à des obligataires; on se disait qu'il fallait avoir la possibilité d'une réserve et les statuts prévoyaient que le capital pourrait être porté à 600 millions.

Vous le voyez donc, aucune mauvaise foi de la part de personne, aucun intérêt frauduleux qui puisse être démontré, aucun fait qui puisse être même matériellement critiqué. Comment pourriez-vous condamner?

Les causes de l'insuccès? Mais, Messieurs, vous le savez aussi bien que moi, elles sont multiples : il y a les difficultés de la nature, le climat; il y a aussi les difficultés qui se sont rencontrées dans notre propre pays; les emprunts qui ont coûté 7,70 0/0 d'intérêts. Avons-nous rien caché lorsque pour la première fois il a été certain que le cube à extraire serait de 120 millions? Ne l'a-t-on pas dit dans l'assemblée de 1884? N'est-ce pas imprimé à la page 1086 de notre *Bulletin?*

Lorsque tous ces événements successifs se sont produits, lorsque en raison de la rareté de la main-d'œuvre nous avons été obligés d'envoyer dans l'isthme un matériel qui, à lui seul, par l'achat, le montage et le démontage, nous est revenu à 150 millions, est-ce que nous l'avons caché? Non, nous ne l'avons pas caché, nous avons photographié ces énormes machines, ces énormes outils.,. et on nous a fait un reproche de les avoir photographiés et publiés.

Tout a été connu, tout a été dit. Avons-nous caché la mortalité dans l'isthme? Avons-nous dit que M. Dingler avait perdu sa femme et ses enfants? Que M. Boyer était mort de la fièvre jaune?

Enfin, puisqu'il faut, avant de finir, résumer toutes ces constatations matérielles, n'avez-vous pas été les témoins de ce qui s'est passé en 1888? On vous disait avec une vérité parfaite à l'audience d'hier que le réquisitoire de M. l'Avocat général pâlissait à côté du réquisitoire prononcé à la Chambre des députés par M. Goirand; c'est la vérité, M. Goirand est plus dur pour nous que ne l'a été M. l'Avocat général. Et c'est cependant après ces critiques, qui ont été répandues à profusion, que l'émission a eu lieu. Vous en savez la conséquence... l'argent a manqué; il a manqué parce que depuis trois ans les attaques les plus effroyables étaient dirigées contre la Compagnie; il a manqué parce que des campagnes de presse, des campagnes de Bourse, des campagnes à l'étranger et des campagnes à l'intérieur ont été montées et suivies avec un acharnement inouï.

Campagnes de Bourse! Elles sont de notoriété publique, vous citeriez vous-mêmes les noms ; il est notoire que des fortunes scandaleuses ont été élevées en jouant à la baisse sur les actions du Panama par les mêmes hommes qui avaient élevé des fortunes aussi scandaleuses en jouant à la hausse sur les actions du Suez !

Campagnes de presse...

J'ai là, Messieurs, des articles que vous pourrez lire et qui vous étonneront... Tenez, il y en a un que, pour la curiosité du fait, je veux placer sous vos yeux, c'est un court extrait du *Journal de commerce* de Liverpool, en date du 27 août 1888. Ce journal, comme tous les journaux anglais, pour éviter de correspondre individuellement avec ceux qui lui écrivent, publie un article intitulé : « Réponse aux correspondants », et voici la singulière réponse qui se trouve parmi les autres :

Monsieur Lemaître. — Nous devons décliner d'insérer des attaques sur la Compagnie du Canal de Panama, qui ne peuvent avoir pour effet que de rendre le travail plus dispendieux qu'expéditif et qui n'auraient pour effet final que de hausser les taxes du tonnage sur les navires, à l'époque de l'achèvement de la voie maritime interocéanique.

L'Anglais, avec son bon sens, voit tout de suite la conséquence, et il déclare qu'il n'insérera pas des attaques dont l'effet serait, — car il ne doute pas un seul instant que le canal sera achevé, — d'augmenter les taxes du tonnage. Voilà, Messieurs, par un petit fait, l'indication des campagnes de toute sorte qui étaient poursuivies contre nous.

Mais, n'avons-nous pas encore dans les oreilles les cris de ces hommes apostés au coin de tous les boulevards, dans tous les carrefours, tenant à la main une feuille spéciale, *Le Panama,* dans laquelle, en gros caractères, vous pouviez lire : « Le cataclysme du Panama ! » Ne devinez-vous pas aussi tout ce que la concurrence a pu inspirer d'hostilités sourdes — et parfois publiques — à ceux qui redoutaient de voir se détourner à notre profit une partie de l'épargne française dont ils prétendaient conserver le monopole pour d'autres émissions ?

Voilà pourquoi l'argent a manqué. L'argent a manqué parce que la loi a été longue et difficile à obtenir.

Mais tout cela aurait pu être surmonté peut-être si, au dernier moment, une dernière et plus effroyable manœuvre n'avait tout arrêté. La souscription marchait fort bien, on s'attendait à un succès complet, lorsqu'aux derniers jours des dépêches envoyées partout, en France, en Allemagne, jusqu'en Amérique, ont répandu le bruit de la mort subite de M. de Lesseps. Aussitôt la souscription s'est arrêtée. La Compagnie du Canal de Panama a saisi le Parquet; vous pourriez retrouver dans les archives de M. Dulac, commissaire de police, les plaintes qui ont été déposées.

M. L'AVOCAT GÉNÉRAL. — Il y a eu plusieurs annonces de la mort de M. de Lesseps.

Mᵉ DU BUIT. — C'est vrai. Mais tout cela est resté impuni, cela paraît licite de la part de nos adversaires.

Entendez-le bien, ce n'est pas seulement la Compagnie du canal de Panama qui en a souffert, c'est la France tout entière. A force d'entendre répéter contre toutes les institutions des attaques toujours impunies et toujours plus violentes, la confiance finit par disparaître et les effets ne sont pas longs à se produire. Tout le monde les sent; M. Leroy-Beaulieu n'a-t-il pas écrit dans le *Journal des Débats* du 18 octobre 1892 :

Pour tout observateur attentif, la France commence à être atteinte d'une sorte d'anémie au point de vue industriel. L'esprit d'initiative, s'il n'a pas encore complètement disparu, s'éteint de plus en plus. On ne fait rien, on ne commence rien, on ne développe presque rien, sans garantie de l'État ou des municipalités ; nous parlons, bien entendu, ici des grandes entreprises qui exigent un concours notable de capitaux.

Et les faits lui donnent raison. Il y a trois milliards de métaux précieux enfouis à la Banque ; qu'y font-ils ? ils sommeillent, parce qu'ils n'osent se risquer dans aucune entreprise, parce qu'ils ont peur. Ce ne sont pas les mauvais débiteurs qui ont tué le crédit, c'est le chantage sous toutes ses formes.

Comment le ministère public ne l'a-t-il pas compris ? Quel prodige lui cache ce qui frappe tous les yeux, le rend sourd aux propos échangés couramment dans le monde des affaires ? Serait-il vrai que la loi obligeât à d'aussi funestes rigueurs ? Non, Messieurs. Le crédit public ébranlé, le bon renom de notre pays compromis par des poursuites inconsidérées : rien ne justifie ces choses ; mais ce qu'ici surtout il faut redire bien haut, c'est, qu'à leur supposer une excuse, elles ne la pourraient pas demander à la loi. Dans ce procès fondé sur une double prévention d'escroquerie et d'abus de confiance, la Cour sait à présent comment il est impossible d'apercevoir un seul élément de ces délits. J'ai pleine confiance en elle, lorsque je lui demande d'accomplir une œuvre de justice en renvoyant des fins de la poursuite les hommes qui n'auraient jamais dû être déférés à sa juridiction.

PARIS. — IMPRIMERIE P. MOUILLOT, 13, QUAI VOLTAIRE. — 56079